Y.A
八男？別鬧了！
11
U0075201
Kadokawa Fantastic Novels

露易絲
艾莉絲
薇爾瑪
威德林

遙
伊娜
菲莉涅
卡特琳娜

艾爾文
「威德林先生，刻在牆壁和地板上的圖案到底有什麼好看的？」
「誰知道？」
卡特琳娜和我
都不是考古學者，
所以對沒有寶藏、充滿灰塵
與霉味的地下遺跡毫無興趣。
厄尼斯特

11

八男？別鬧了！

Y.A

Kadokawa Fantastic Novels

彩頁、內文插圖／藤ちょこ

CONTENTS

八男？別鬧了！⑪

序章　魔族

「威爾，因為敵人的老大死得太壯烈，害我現在才想起一件事。」

「什麼事？」

「那個魔族死了嗎？」

「糟糕！我都忘了！」

在露易絲的提醒下，我連忙命令士兵去巨大魔像的殘骸裡尋找魔族。

不過在我們找到之前，魔族已經自己從瓦礫底下現身。

他全身長滿水泡，身體也無法自由行動。

「這樣的傷勢應該不足以致命。」

「魔族的身體真強韌……」

艾莉絲替魔族診察後，判斷他沒有生命危險，魔族頑強的生命力實在令人驚訝。

「希望你們可以替我治療。」

「要是你痊癒後亂來，我們可沒辦法阻止你。所以希望你可以就這樣死掉。」

這個魔族還保留了強大的魔力。

若輕率地替他治療，之後恐怕很難再次制伏他。

我可不想被自己打倒過的對手殺死，雖然可憐，但還是只能請他死在這裡了。

「還是立刻給他致命一擊比較好。」

所有人都同意伊娜的意見。

「嗚嗚……鮑麥斯特伯爵真是殘忍。」

「我才不想被你這個誘發內亂，並協助紐倫貝爾格公爵進行大量虐殺的人這麼說。」

我諷刺地回應魔族自私的要求。

就在我思考該怎麼處置這個魔族時，薇爾瑪拉了一下我的長袍。

「威爾大人。」

「什麼事，薇爾瑪？」

「殺掉這個魔族，不會因此得罪魔族的國家嗎？」

「喔喔！的確有這個可能。」

薇爾瑪提出一針見血的意見，在我們當中對這方面最為熟悉的泰蕾絲也贊同地說道。

「如果國民被殺害，魔國確實有可能因此出兵。」

一扯到國際事務，就無法確定對方會用什麼藉口發動攻擊，所以不該冒這個風險嗎？

「可是泰蕾絲小姐，這個魔族有援助內亂……」

「雖然這是事實，但我們還是得極力避免與魔國開戰……」

心情上，我是比較贊同卡特琳娜的意見，但考慮到與魔國起爭執的風險，最後還是不得不同意泰蕾絲的想法。

「帝國好不容易才結束內亂，這樣下去又要和魔國開戰。不對，在這種情況下，王國也可能被盯上。在兩國的關係修復前掀起戰事，實在太危險了。」

在我們當中，只有前菲利浦公爵泰蕾絲了解魔族的事。

貴族資歷和我一樣淺的卡特琳娜，並不具備相關的知識。

「擁有超越威德林先生的魔力，確實非常驚人，但這個人……不對，魔族是那麼難纏的對手嗎？」

「雖然本宮也只有在古書裡看過，但據說魔族全都擁有強大的魔力……」

這表示敵軍全都是厲害的魔法師嗎？

如果我方也將數量有限的魔法師投入戰場，應該還是能打倒幾名敵人，但在我們倒下後，無法使用魔法的士兵們將單方面被蹂躪。

這樣確實是不能隨便殺害這個魔族。

「導師，你覺得該怎麼辦？」

「喂，魔族！雖然我們可以幫你治療，但在下勸你最好別抵抗！」

導師似乎不太喜歡這個說話方式和自己相似的魔族，但他同時也很清楚個人感情與政治判斷是兩回事，所以決定救這個魔族。

「赫爾穆特王國的魔法師們都是穩重派呢。即使在這裡與各位戰鬥並成功脫逃，吾輩最後還是會被樓上的帝國軍士兵們俘虜或殺害。吾輩從來不做沒意義的事。」

「真是個愛耍嘴皮子的傢伙……艾莉絲，替他治療吧。」

「是的，舅舅。」

艾莉絲一施展治癒魔法，原本無法自由行動的魔族就恢復到能夠起身的程度。雖然之前承受了高濃度的過度治癒魔法，但那些治癒魔法並不會一直殘留在體內，只要事後再稍微施展治癒魔法，就能輕易恢復。

所以在實戰中，很少有人會利用這種過度治癒現象。

畢竟還是用普通的魔法攻擊比較有效率。

「感謝治療。吾輩名叫厄尼斯特．布里茨。是魔國的考古學者。」

「考古學者？」

這個身穿白色燕尾服、全身充滿謎團的中年男子，自稱是考古學者。

「就是字面上的意思。吾輩的人生目標，就是探索和調查未知的地下遺跡。」

我一詢問魔族的身分，他就得意地表示自己來自魔國西邊的某個島嶼，是透過偷渡來到這塊大陸。之後他聽說紐倫貝爾格公爵領地內有許多未發掘的遺跡，於是就以探索那些遺跡為代價，替紐倫貝爾格公爵修理發掘品。

據魔族所言，他與紐倫貝爾格公爵只是單純的利益往來。

「利益往來啊……」
「造成這麼多犧牲，這樣講會不會太推卸責任了。」
就連以前總是獨來獨往、自我主張強烈的卡特琳娜，都和導師一樣受不了這個魔族。
「吾輩是考古學者，所以會想探索和調查地下遺跡也是情有可原。為此，吾輩必須獲得身為領主的紐倫貝爾格公爵的許可。」
魔族似乎也同時具備魔法道具工匠與研究者的才能。
就是因為這個魔族修理了發掘品，紐倫貝爾格公爵軍才能夠使用那些武器。
「即使修好刀子後，刀子的主人用那把刀殺了人，吾輩也無可奈何。」
「聽你在胡扯！」
「艾爾先生，請你冷靜一點！」
魔族的歪理，讓艾爾忍不住破口大罵。
遙連忙上前阻止他。
「即使各位對此感到憤怒，吾輩還是得依靠這個契約，才能自由調查位於紐倫貝爾格公爵領地內的遺跡。」
我總算明白了。
他是個純粹的學者。
這個魔族只會為了滿足自己對知識的慾望行動，毫不考慮這樣會對周圍帶來什麼樣的麻煩。

雖然不至於到瘋狂考古學者的程度，但仍算是典型的學者。

這類型的人往往就是因為欠缺部分的感情，才能做出成果。

他基於和紐倫貝爾格公爵的契約，修好了從地下遺跡發掘出來的魔法道具，而那些武器也在戰場上發揮了強大的威力。他確實有參與內亂，但真正下手的人終究是紐倫貝爾格公爵。

他操縱巨大魔像與我們戰鬥的舉動，也可以解釋為自衛……考慮到他的出身，現在果然還是不能隨便處決他。

「算了，反正大家都在，就算你想逃跑或加害我們，也只會反過來被我們聯手打倒。還是先探索這個最下層的房間比較重要。請你幫忙說明吧。」

「交給吾輩吧。首先是刻在這面牆壁上的裝飾花紋，這在古代魔法文明時代後期是非常普遍的……」

「不對，我想聽的不是這個。」

魔族突然開始解說刻在地下遺跡牆壁上的花紋，但現在不是聽這個的時候，所以我要他招出發掘品的所在。

「發掘品嗎？我已經調查過那些東西，根本就沒有學術價值。」

「即使對你這個考古學者來說是這樣，但在現實生活中，有些人將那些東西的價值看得比什麼都重，所以必須慎重處理。」

「吾輩知道了。」

魔族首先帶我們進入巨大魔像一開始破牆而出的房間。
那裡放了一個像是將高度約十五公尺的巨大天線與打字機融合在一起的裝置。
「這就是用來妨礙『移動』與『通訊』的裝置嗎？」
幸好我有聽從泰蕾絲的忠告，用魔法攻擊這裡。
其中一部分的天線已經損壞，再也無法發射妨礙波。
「只要修好就行了嗎？」
「誰要這種魔法道具啊。」
我唯一的長處就是魔法，所以根本沒必要特地留下這種會妨礙魔法的裝置。
「雖然破壞掉也沒關係，但吾輩建議最好先把還能用的零件拆下來。」
精密的魔法道具包含了各種零件，而且大多可以沿用到其他魔法道具上。
所以魔族建議我別立刻破壞，先把這些零件拆下來。
「尤其這個裝置還裝了巨大的魔晶石。」
「這個裝置的魔力是由你提供的吧？」
「吾輩的專長是調查與分析，而且還必須修理和維護發掘品，無法一直待在這個裝置旁邊，所以是將大量魔力灌入巨大的魔晶石內，讓裝置維持運作。」
魔族打開裝置背後的蓋子，裡面裝了一顆巨大的魔晶石。
「趕緊把裝置解體吧……」

我一聲令下，艾爾就率領士兵們開始回收最底層的魔法道具。

這裡有很多物品能夠回收，被破壞的吐息發射裝置與巨大魔像的殘骸，以及這兩樣東西的零件，另外還有用途不明的試作魔像和看起來像武器的物品。

「吾輩可以幫忙進行技術解說和修理。」

「那就好。」

我將收集到的物品全收進魔法袋裡。

雖然這裡是帝國領地，但我們事先就被賦予處分戰利品的權限，所以不會造成問題。

內亂結束後，如果彼得的帝國軍因為接收了紐倫貝爾格公爵領地的魔法道具而變得太強，或許會與王國開戰，所以最好趁現在全部由我們回收。

再來就是……

「厄尼斯特．布里茨。你會變裝嗎？」

「了不起，沒想到你居然已經記住吾輩的名字。嗯，吾輩會變裝。」

「那麼，請你假扮成人類吧。」

不能把這個魔族交給彼得。

他只要能夠發掘尚未被盜挖過的地下遺跡就會滿足，為了這個目的，要他和什麼樣的壞人聯手都行。

看來有必要將他藏匿在王國或鮑麥斯特伯爵領地，向他打聽魔族的情報。

畢竟在琳蓋亞大陸已經有將近一萬年沒看過魔族，一旦被人知道他的真面目，或許大家會開始想要爭奪他。

「古代魔法文明時代，也有變裝用的魔法道具。」

厄尼斯特從口袋裡掏出一枚戒指，戴在手指上。

接著他就變身成一個普通的中年男士兵。

「這樣就安全了。」

在最下層收拾完殘局後，我們穿過在紐倫貝爾格公爵死後，依然激戰不休的地下要塞。

比起最下層，兩軍的戰鬥主要集中在駐兵處與建設中的住宅區。

尤其是紐倫貝爾格公爵家宅第所在的區塊，戰況最為激烈，他的家臣與士兵正利用剩餘的自爆型魔像與吐息發射裝置奮戰，對進攻的帝國軍造成重大的損害。

「快投降吧！你們的老大已經死了！」

「別說這種無聊的謊！領主大人馬上就會從最下層帶新兵器回來！」

我一勸他們投降，負責指揮士兵防衛宅第的重臣就憤怒地如此回答。

站在他的立場，應該再怎麼樣都不能認同紐倫貝爾格公爵已經死了吧。

「你們看這個！」

我指示部下亮出紐倫貝爾格公爵的遺體。

雖然也有人建議直接展示首級，但這樣可能反而讓他們變得更加激動。

所以我選擇展示遺體。

「領主大人！」

「你騙人！那只是非常相似的冒牌貨！」

「我們才沒時間準備那種東西！這是真正的紐倫貝爾格公爵！他的野心到此結束了。只要沒有領導者，你們的野心就不可能實現。希望你們能夠乾脆地投降。」

「……怎麼辦？」

「當然是戰到最後一兵一卒！」

「可是那麼做有意義嗎？」

在我的勸降下，剩餘的反叛軍指揮官與士兵們開始因為意見分歧而吵了起來。

最後地位最高的人做出了決定。

「既然領主大人已經去世，那我們也到此為止了……我們投降……」

之後我們到各個戰鬥現場進行勸降，地下要塞攻略作戰開始十八小時後，以反叛軍的全面投降告終。

帝國軍的戰死者是七千八百五十七名，反叛軍的死者是五千六百七十八名。

雖然雙方都在這場戰鬥中犧牲慘重，但帝國的內亂總算就此平息。

第一話 臨時有空，所以嘗試烤鰻魚

「這是貨款。」

「鮑麥斯特伯爵大人，感謝您一直以來的惠顧。」

「不好意思，要你把這麼貴重的食材賣給我。」

「現在庫存不多，所以無法壓低價格。再過三個月就能開始捕魚，屆時就不會這麼貴了……」

「不，光是能買到就很好了。」

紐倫貝爾格公爵戰敗後，漫長的內亂總算平息。

引發內亂的紐倫貝爾格公爵家遭到解散，現在是由駐留當地的帝國軍在統治紐倫貝爾格公爵領地。

雖然率領帝國軍的彼得正忙著應付部分不願歸順的領民和家臣，但我們變得非常有空。

我們目前和瑞穗伯國軍一起駐紮在沒什麼人煙的地方。

儘管偶爾也會協助修復被戰爭破壞的街道，但主角終究是帝國軍和彼得。

在他們整頓好舊紐倫貝爾格公爵領地返回帝都前，我們久違地度過了一段悠閒的時光。

趁這個機會，我向造訪這裡的瑞穗商人買了某樣東西。

瑞穗人們似乎把我當成一個喜歡瑞穗料理與瑞穗文化的好客人，因此已經有幾名商人和我混熟了。

「這位客人的眼光真好。這是用貴重的『北方珊瑚』製作的髮飾。北方珊瑚是棲息在寒冷海域的特殊珊瑚，成長非常緩慢，所以這是非常貴重的商品。」

「這個和遙小姐的黑髮很搭呢。」

「艾爾先生，我不能收下這麼昂貴的禮物。」

「就當作是代替訂婚戒指吧。遙小姐，這是用來紀念的物品，所以別跟我客氣了。」

「謝謝你。」

商人非常精明，他巧妙地將昂貴的珊瑚髮飾推銷給剛訂婚的艾爾。

「嗚嗚……遙才不是會被那種昂貴首飾騙到的孩子……」

「你還真是不死心……就說是用來代替訂婚戒指了。」

武臣先生一看見遙開心地收下艾爾送的珊瑚髮飾，就咬牙切齒地抱怨，布蘭塔克先生則是露出放棄的表情。

「威爾，那是什麼？」

瑞穗商人離開後，艾爾問我買了什麼。

而武臣先生仍一臉怨恨地瞪著艾爾。

「雖然現在已經不是產季，但我買了這個。」

「喔喔，這不是鰻魚嗎？」

「我要把這拿去蒲燒，做成鰻魚蓋飯。」

「太棒了，這真是最高級的享受。」

這個世界也有鰻魚。

只是鰻魚在天氣寒冷時沒什麼活力，不容易捕捉，我買的是瑞穗商人事先殺好，再用竹籤串起來賣的鰻魚。

保存在魔法袋裡的鰻魚不會變質，但這畢竟是供不應求的商品，所以價格自然不菲。

儘管花了一筆大錢，但這些鰻魚不僅狀態良好，油脂也非常豐富。

「我已經準備好燒烤用的木炭和烤架，就連蒸籠都準備好了。再來只差一樣東西！」

我從魔法袋裡拿出一個剛好能用雙手環抱的甕。

這個甕裡裝著價值或許比寶石還要昂貴的重要物品。

「威爾還是一樣把那個珍惜地帶在身邊呢。」

「畢竟這個『蒲燒醬汁』是不管花多少錢都買不到，比任何財寶都要貴重的東西。」

「我覺得你說得有點太誇張了……但看得出來你非常期待。我也來幫忙，快點來烤吧。」

為什麼我會有蒲燒醬汁呢？

這就要從我剛當上伯爵不久時，發生的某件事開始說起。

＊　＊　＊

「威爾大人，就是這間店。」

「河魚料理店『大河』……」

在當上伯爵差不多滿兩個月時，我帶大家一起來到王都。

我很快就把該辦的事情辦完，打算找個地方吃頓比較特別的午餐，因為薇爾瑪表示附近有間她常去的店，所以我馬上請她帶路。

沒多久，我們就抵達了一間設計老舊，看起來充滿歷史與傳統的店。

「河魚……料理啊。」

「在遇見威爾大人前，我經常賣河魚給這間店。」

薇爾瑪向艾莉絲說明，她從小就會抓河魚來這裡賣當作打工。

「因為每次來這裡賣食材時，他們都會免費請我吃飯。」

「薇爾瑪小姐以前過得真是辛苦。」

「要很努力才能吃飽呢。」

考慮到薇爾瑪的食量，她應該得抓不少魚。

如果她不是捕魚高手，根本就無法吃飽。

到底是因為薇爾瑪很會抓魚，還是店家人很好呢……或許兩者都有也不一定。

「薇爾瑪抓魚的技術很好嗎？」

「我覺得算好，但很難靠抓魚填飽肚子。」

「如果薇爾瑪每次都抓魚抓到吃飽為止，這附近的魚應該一下就被抓光了吧？」

「每種魚都有禁止捕撈的期間，捕魚者也有義務要將小魚放回去。所以怎麼可能這麼隨心所欲地抓魚。」

薇爾瑪有點不悅地回答艾爾的玩笑話。

不過沒想到這個世界的人也會自主遵守禁漁期和放生小魚的規定……真是令人驚訝。

「咦？有這種限制嗎？我老家的領地可沒有這種規矩。」

「因為艾爾故鄉的人口和王都的人口差很多吧。雖然鮑麥斯特騎士爵家也沒有這種規矩。」

會在艾爾老家領地內的河川捕魚的人，就只有那裡的領民。

只要別濫捕，漁獲資源應該沒那麼容易減少。

不過王都周邊的魚消費量就不同了，如果不對漁獲量進行限制，魚馬上就會被抓光。

然而王國中除了王都周邊的部分地區以外，就只有少數貴族會自行在領地內設下這種限制。

這麼說來，布雷希洛德藩侯領地確實沒有這種限制。

頂多只有不能抓小魚的習慣。

至於鮑麥斯特伯爵領地則是本來就有很多魚，動物更是多到妨礙人類居住的程度，因此都是被毫不留情地狩獵。

「捕魚的人必須事先支付登記費用與年費，如果沒付錢就偷抓魚……」

「會怎麼樣啊，薇爾瑪？」

「明年能補到的河蝦和鰻魚就會稍微變多一點。」

「咦……該不會是……」

「偷抓魚的人會遭天譴。」

「那還真不是開玩笑的……」

是為了報剛才的一箭之仇嗎？

薇爾瑪像是想嚇唬艾爾般，刻意面無表情地用陰沉的語氣說明偷抓魚者悲慘的末路。

「不過只要遠離王都就沒關係。在這種情況下，大家會花好幾天的時間捕魚。」

但如果距離太遠，就要換擔心魚變不新鮮。

死魚的價格比較低，所以薇爾瑪能抓的河魚種類也有限。

「只要使用魔法袋就行了吧。」

「魔法袋不能裝生物，而且價格非常昂貴，漁夫根本就買不起。艾爾一直和威爾大人在一起，所以感覺都麻痺了。」

「沒錯。如果不是有錢人，根本就買不起泛用型的魔法袋。」

因為我能輕鬆使用魔法師用的魔法袋，所以才害艾爾誤會，但這個不僅只有魔法師能用，容量也與使用者的最大魔力量成正比。

容量固定的泛用型魔法袋，價格會隨著容量攀升。

一般平民根本就買不起。

「漁夫也真是辛苦。那妳都抓什麼樣的魚？」

「柯奴爾生命力強，但賣不了高價。納馬薩意外地容易死掉，所以只能在附近抓。主要是抓碰龜和鰻魚。」

柯奴爾是指鯉魚。

雖然我前世吃過鯉魚生魚片和味噌燉鯉魚，但不覺得特別好吃。

納馬薩是指鯰魚，這我也沒吃過。

我只聽說過那是白肉魚，還有做成天婦羅非常好吃。

「碰龜是什麼樣的烏龜？」

「是一種只要咬到東西就不會鬆口的烏龜。」

根據薇爾瑪的描述，那似乎是指甲魚。

鰻魚就真的是鰻魚。

雖然甲魚很好吃，但我無法理解為何大家會認為吃那種東西能增強精力。

而我直到現在，都還記得以前日本的上司請我吃過的高級蒲燒鰻魚有多好吃。

鰻魚肝湯和烤內臟也非常美味。

「（好想吃蒲燒鰻魚……）不曉得能吃到什麼料理，真令人期待。」

繼續在店外面聊天也沒意義，因此我們立刻走進店裡。

店家似乎還沒開始營業，裡面一位客人也沒有。

「歡迎光臨……啊！這不是薇爾瑪小姐嗎？好久不見了！」

「好久不見，我又來這裡吃飯了。」

「歡迎歡迎。來，隨便找個位子坐吧。」

從店內後方走出一位看起來年約四十的店長，他一開始還沒什麼精神，但一看見薇爾瑪就開心地走了過來。

「妳今天是來賣魚嗎？」

「我只是來用餐，還帶了其他客人過來。」

「呃，這幾位是？」

「鮑麥斯特伯爵大人。」

「喔喔！久仰大名！沒想到像伯爵大人這樣的大人物居然會來本店光顧，真是太光榮了。」

店長似乎知道我們是名人，看起來非常開心。

該不會是想叫我幫他簽名吧？

這裡又不是日本的店，應該不會發生這種事吧。

「我聽說薇爾瑪小姐後來成了鮑麥斯特伯爵大人的夫人。啊，這樣妳當然不會再來賣魚。我真是失言了。我立刻替各位上菜。」

店長幫我們帶完位泡好茶後，就立刻回廚房準備料理。

這裡好像沒有其他員工。

「這麼說來，我對河魚……」

我想起自己不喜歡吃河魚。

因為小時候在鮑麥斯特騎士領地吃到的煮河魚土味都很重。

不過如果是鰻魚或甲魚，或許就吃得下去。

不曉得這個世界有沒有蒲燒鰻魚。

我只在意這件事。

「威爾大人不喜歡吃河魚嗎？」

「這要吃過才知道。畢竟每間店處理和料理魚的方式都不同。」

「聽說這間店是開了兩百年以上的老店。」

這間位於王都郊外的店，專門提供傳統的河魚料理，因此有很多老客人。

也因為是老店，所以才有餘力對薇爾瑪那麼好吧。

「雖然是老店，但與其說沒什麼客人，不如說完全沒其他客人呢。」

艾爾說得沒錯，現在明明是中午，周圍卻一個客人也沒有。

今天看起來也不是店休日，這讓人感到有點在意。

「或許這裡是不為人知的名店。艾爾喜歡吃河魚嗎？」

「我老家附近有條河，所以冬天會烤鯽魚和鮠魚來吃。味道應該算普通吧？」

冬天的鯽魚和鮠魚，在日本的某些地方也算是知名食材。

現在是秋天，所以或許能吃到美味的鯽魚料理。

「伊娜和露易絲呢？」

「我家的道場會把柯奴爾切塊後丟到大鍋子裡燉煮，再分給弟子們。不過土味很重，所以我不太喜歡吃。」

「你們是用什麼調味料燉煮？」

「只有用鹽巴。因為營養價值高，所以修練完後常吃這道菜。媽媽和師傅的太太們會一起殺魚，丟到大鍋子裡燉煮。」

連味噌都沒放，就直接煮鯉魚。

至少我是不會想吃。

「這麼說來，伊娜家確實都是煮柯奴爾呢。我家是把甲魚解體後拿去燉煮，因為土味很重，所以我也不太愛吃。」

露易絲的老家，似乎會煮甲魚鍋給弟子們吃。

既然土味很重，表示他們應該沒事先養在清水裡去除土味。

此外他們也不可能是用生薑醬油燉煮，所以這個我也不想吃。

「把小魚的內臟挑掉，再拿去油炸比較好吃。」
「畢竟小魚的味道比較沒那麼重。」
伊娜和露易絲似乎也不太喜歡河魚。
但她們想起在布雷希柏格的餐廳，曾經吃過美味的炸小魚。
「艾莉絲呢？」
「我也不太喜歡吃。王都離海很遠，所以貴族家的晚餐偶爾也會看見用河魚做的料理。霍恩海姆家也有傳統的河魚料理……」
那似乎是一種用鯽魚做的派，但因為不太好吃，所以參加派對的客人也很少拿來吃，每次都會剩下。
「因為是傳統料理，所以比較像是不得不準備。」
傳統料理的味道不能變，因此也沒機會改良味道。
「咦？我怎麼不記得有吃過。」
「父親和爺爺都知道威德林大人對吃的東西非常挑剔。」
雖然我也曾經去霍恩海姆家吃過好幾次晚餐，但根據艾莉絲的說明，他們似乎是怕惹我不高興，才沒端出自己也知道不好吃的料理。
「而且威德林大人是個不怎麼在乎傳統的人。」
「這倒是真的。」

與其說只要好吃就沒問題，不如說食物本來就應該要好吃。

「卡特琳娜呢？」

「我嗎？這個嘛，我以前當冒險者時，經常在山裡的河流抓魚。將剛抓到的伊瓦歐和亞馬歐的內臟挑掉，抹上鹽巴放在火堆旁邊烤，就會變得非常好吃。」

「妳以前過得比我想像中奢侈呢。」

伊瓦歐和亞馬歐是指紅點鮭和山女魚，雖然這兩種魚在王都算是高級品，但對於能輕易利用「飛翔」前往河邊的卡特琳娜來說，想取得這兩種魚並不困難。

「我以前念預備校時，曾經靠抓伊瓦歐和亞馬歐賺錢，所以也擅長料理這兩種魚。」

只要把剛抓到的魚殺掉放進魔法袋內，就能維持新鮮的狀態，高價賣給高級餐廳。

我以前也吃過用新鮮的伊瓦歐和亞馬歐做的料理，那種高級料理隨便一盤都要將近一百分。

「一般的漁夫或冒險者，只能把魚烤乾再帶回去。」

在抓得到伊瓦歐和亞馬歐的河流當中，即使是離王都最近的一條，走路也要花上五天。

所以通常只能在當地移除內臟，再烤乾帶回去。

這樣不僅能放比較久，而且一條還是能賣到三十分以上，算是不錯的生意。

用這兩種魚煮的湯或燉魚料理，在王都被視為高級料理。

不過就算是沒有魔物的深山，也有熊和狼出沒。

一般人很少有能力做這行，導致美味的河魚價格非常昂貴。

大概只有住在河流附近的當地居民能夠想吃就吃。
「一條魚居然能賣到三十分，真是太誇張了。」
「我是帶生魚回去，所以拿去魚店和餐廳可以賣到一條五十分。」
「真令人羨慕……」
雖然在河流捕魚並非易事，但卡特琳娜不僅能用「飛翔」飛到當地，用魔法抓魚也很輕鬆。
如果在上預備校時想一個人賺錢，確實沒有比這更合適的工作。
「卡特琳娜上預備校時，就連打工都是一個人啊。」
我腦中浮現出卡特琳娜獨自用「飛翔」飛到河邊，抓魚放進魔法袋，再生火烤魚來吃的景象。
雖然如果是一群人這麼做，看起來就像在度假一樣開心，但卡特琳娜絕對不可能是這樣。
我想像的卡特琳娜是獨自抓魚烤來吃，感覺非常有男子氣概。
「威德林先生，我一個人抓魚有什麼問題嗎？」
「沒有。就算帶其他人一起去也只會礙手礙腳，下次我們一起去吧。我也想吃鹽烤的魚。」
「總覺得有點令人介意……唉，算了。」
只是因為我也曾是獨來獨往，所以產生了共鳴而已。
畢竟我小時候，也曾獨自占據未開發地。
「話說鮑麥斯特伯爵領地好像沒什麼河流呢。」
大概是因為地處南方，而且除了利庫大山脈以外就很少高山吧。

「相對地，鮑麥斯特伯爵領地有會從大海溯溪而上的南方鱒。只要把這當成特產，或許能拿來做生意。」

以人工繁殖的方式確保和增加漁獲資源後，再做成煙燻鮭魚、味噌醃鮭魚、鮭魚乾、新卷鮭和鹽漬鮭魚等能夠長期保存的食品，應該就能出口了吧。

既然是要在市面上流通，就不能總是依賴魔法袋。

「威德林先生也會從領主的角度思考事情呢。」

「因為我好歹是個伯爵啊。」

「『好歹』這兩個字有點太多餘了……」

話雖如此，貴族對前世的我來說，只是電視劇情裡的存在，再加上我又不是自願當上貴族，所以根本就沒什麼現實感。

「威爾真的只會對食物認真呢。」

「露易絲，我也有認真練習魔法喔。」

我立刻反駁露易絲的說法。

畢竟我每天都沒有停止修練魔法。

「不過大多是攪拌美乃滋的魔法、讓肉和魚熟成的魔法，或是讓人忍不住想『為什麼要特地為了這種事使用魔法？』的魔法吧。」

不可以小看攪拌美乃滋的魔法。

攪拌的速度和角度非常重要，我也是實驗了好多次才總算學會。

而且一開始材料還會因為濺到周圍而浪費掉，讓我費了不少工夫。

「只要用魔法道具攪拌就行了吧……」

「用我的魔法攪拌出來的美乃滋，口感比用魔法道具細膩，味道不一樣啦。」

「有差那麼多嗎？」

「露易絲，不可以小看些微的差異！」

雖然或許沒差很多，但做成料理後，味道可能會產生極大的差異。

我認真向露易絲說明為何不能捨棄這份堅持。

「而且再也找不到比這還實用的魔法了。」

「是嗎？那有比『風刃』實用嗎？」

「那還用說！」

「風刃」只能用來砍傷敵人和魔物，但攪拌美乃滋的魔法還能用在蛋白霜和鮮奶油上，讓艾莉絲能夠做出美味的甜點，在製作果汁或漢堡排的餡料時也能派上用場。

魔法的重點就是要有用，所以我可以說是正確地學會了魔法。

「人不吃東西就活不下去。這個法則永遠不會變，既然能在這方面派上用場，就證明攪拌美乃滋的魔法非常厲害。」

「這說法也太牽強了……」

此外，這和我前世的工作也有關係。

我必須對各種食物抱持興趣，如果不自己進行調查和行動，就無法勝任那份工作。

這個習慣，以及這個世界的飲食文化還不夠發達的現實，都促使我持續研究食物。

「威爾對食物真的是毫不妥協。」

「如果是為了食物，就算要我打倒大貴族也在所不惜。」

「別把事情鬧得那麼大啦……」

儘管目前還沒問題，但將來或許會出現妨礙我舒適飲食生活的貴族。

如果事情變成那樣，我就得做好擊潰那個貴族家的覺悟。

雖然露易絲難得提出反對的意見。

「料理好像送來了。」

「哇——吃飯了。」

我們聊到一半時，店長端了剛做好的河魚料理過來。

或許是因為肚子餓了，艾爾興奮得像個孩子一樣。

「這是炒小魚和河蝦、燉柯奴爾、鹽烤鯽魚、燉納馬薩、鰻魚鍋和碰龜鍋。」

雖然店長連續端了好幾道菜來，但伊娜和露易絲看起來已經不想吃了。

店長應該有先處理過食材，並利用調味消除土味，不過還是隱約能聞到河魚特有的味道。

「是利用香草，來消除河魚特有的味道和土味嗎？」

試吃過後，我發現這些料理意外地還算能吃。

但還不到美味的程度。

儘管不難吃，但我覺得客人應該不會想為了「只是不難吃」的料理付錢。

感覺隱約能夠理解為什麼這間店會沒客人了。

「店長，你沒進伊瓦歐和亞馬歐嗎？」

「本店的客人大多是平民……」

店長向卡特琳娜說明為何沒進昂貴的魚。

「薇爾瑪小姐，味道怎麼樣？」

「嗯——跟以前一樣。」

別看薇爾瑪這樣，她對食物的味道非常敏感。

既然她說和以前一樣，表示味道應該真的沒變。

「多虧了威爾大人，讓我有機會吃到各種嶄新料理，艾莉絲大人做的甜點也非常美味。我現在變得愈來愈挑嘴，所以這些河魚料理……」

「薇爾瑪，妳這樣講太過分了吧？」

艾爾正常地享用料理，同時責備薇爾瑪。

他認為薇爾瑪不應該這樣對以前的恩人。

「不，這位年輕的騎士大人，我早有覺悟她會這麼說。」

店長似乎並沒有對薇爾瑪的話感到生氣。

反而露出覺得這是理所當然的表情。

「畢竟薇爾瑪小姐是個懂吃的人。而且她也不是在說我的技術退步了。」

「店長的廚藝和以前一樣好喔。」

薇爾瑪稱讚店長的廚藝。

「的確，河魚的缺點是土味，而店長消除土味的技術非常純熟，甚至比霍恩海姆家的廚師還要厲害。」

艾莉絲也稱讚店長的廚藝。

「不過味道沒變，就表示跟不上時代的潮流。實際上客人也愈變愈少……」

「這裡以前生意很好呢。」

「以前中午會有很多客人來吃每日特餐，但現在就跟各位看見的狀況一樣……」

即使午餐時段已經快結束，店裡還是只有我們這幾個客人。

讓人開始擔心起這間店的經營狀態。

「這樣經營上沒問題嗎？」

「到了晚上，還是會有些老客人來點套餐料理，但都是些老年人。」

店長向薇爾瑪說明這間店的現況。

現在支撐這間店的，都是些追求懷舊味道的老年人，幾乎沒有年輕客人會來。

「原來如此。完全無法開發新的客群啊。」

「雖然現在勉強還撐得下去，但再過不久，營業額就會開始往下掉吧。」

等失去那些老客人後，生意就只會愈來愈差。

將來的狀況並不樂觀。

「店長，事情為什麼會變成這樣？既然味道沒變，客人應該沒這麼容易減少吧？」

艾爾向店長詢問客人變少的原因。

「白天的客人之所以變少，應該是因為那道料理吧。」

「那道料理？」

「是的。艾戴里歐商會好像在王都開了好幾間店，販賣一種叫串炸的全新料理……」

「艾戴里歐商會啊……」

艾爾一從店長那裡聽見客人減少的原因，視線就飄向我這裡。

他的臉上寫著「都是你害的嘛」。

「把這個生意點子賣給艾戴里歐先生的人，確實是我沒錯……」

不過這些生意都是合法的。

雖然實際上是由艾戴里歐先生在經營，但商業競爭就是如此。

就在我這麼想時，我的手突然被人拉住。

我轉頭一看，就發現薇爾瑪淚眼汪汪地看向這裡。

「威爾大人，請你幫助這間店。」
「咦？我嗎？」
我的點子都是抄襲現代日本，所以還有不少備案，但無法保證只要照做就一定能夠順利。
更何況我的料理技術還不到家。
「憑我的廚藝無法拯救這間店。店長以前很照顧我，所以我想幫他。」
雖然薇爾瑪以前是來這裡賣魚，但考慮到她的食量，這位店長應該曾在飲食方面提供薇爾瑪不少援助。
「威德林大人，難道就不能想想辦法嗎？」
「艾莉絲，我的廚藝又不怎麼好……」
「若只論開發新料理的能力，就連王宮的廚師都比不上您。我也會幫忙的。」
「是啊，如果就這樣放著不管，以後會睡不好吧。」
「這間店復活後，能去的店就變多了。」
伊娜和露易絲也贊成我幫助這間店。
「威德林先生，試試看應該沒什麼損失吧。」
「試試看啊……」
這陣子都在開發領地，所以卡特琳娜似乎也有點厭煩了。
她難得表示贊成，於是我的顧問業務就這樣開始了。

「我是神祕的假顧問，鮑麥斯特伯爵。」

「哪有人自己說自己是假的啊？」

雖然伊娜傻眼地說道，但我對顧問的印象就是如此。

總之他們非常狡猾，而且水準參差不齊。

我以前的工作和食材有關，所以經常和餐飲業的顧問一起工作，但有少數顧問只會像冒牌心理諮商師一樣，對顧客說些不痛不癢的話，或是認為奇特的意見就等於好意見，做的事和騙子沒什麼兩樣。

僱用優秀的顧問對生意很有幫助，但找沒用的顧問不只是浪費錢，還會害自己破產。

可惜不管再怎麼優秀，還是會受到景氣與運氣的影響，一些老鼠屎的惡行，更是破壞了這個行業的形象。

雖然這是個難以評價的行業，但我畢竟是見過高手的人，所以自稱假顧問應該剛剛好。

「威爾大人，謝謝你。」

「因為感覺很有趣，所以不用客氣啦。」

我摸著薇爾瑪的頭回答。

而且薇爾瑪除了食量大這點比較麻煩以外，是個非常乖巧的好孩子，所以我想實現她的願望。

「首先，得從經營方面開始下手。」

「例如在菜單裡，加入王都正流行的炸雞塊嗎？」

「不，那樣太危險了。」

現在在王都，由艾戴里歐先生管理和供應食材與調味料的各種加盟店正當紅。儘管其他商家也想分一杯羹，但在壓低成本與味道的穩定度方面，還是贏不過那些食材和調味料都是統一向艾戴里歐商會進貨的加盟店。

在這樣的情況下，即使這種偏僻的小店提供相同的料理，也不可能會有勝算。

「這間店的賣點是什麼？」

「河魚。」

「河魚吧。」

「應該是河魚。」

「我想是河魚。」

「是河魚呢。」

「河魚啊。」

「沒錯，就連艾爾都知道這點。」

「喂！你到底把我想得多笨啊！」

被我當成笨蛋的艾爾大聲抗議。

「我們沒理由不利用這個特色。雖然還是會用到炸雞塊的調理方法。」

「居然無視我……」

我們立刻前往位於店內後方的廚房，然後發現這間店的店長真的很厲害。

廚房雖然老舊，但打掃得非常乾淨，菜刀等工具也保養得很完美。

甚至還有因為是魔法道具，所以價格昂貴的冰箱。

這間店主打魚料理，那臺冰箱應該是用來維持食材的新鮮度。

「我們要裹粉油炸的不是雞肉，而是河蝦和小魚。」

雖然同樣是油炸料理，但在這間店能吃到油炸的河魚。這樣的作法應該比較吸引客人。

「在魚的表面抹鹽，去除黏液和魚鱗，甩掉水分後再裹一層粉……」

我在一旁下達指示，店長和艾莉絲俐落地開始料理。

將小魚和河蝦拿去油炸裝盤後，看起來非常美味。

「那麼，來試吃吧……」

大家一起試吃後，發現這道料理和外觀一樣非常美味。

因為用油炸過，所以沒有河魚特有的土味，仔細想想，這個世界的河川乾淨到相當於日本的清流。

只要別弄錯調理方法，土味應該不會太重。

「不過河蝦還是先養在清水裡兩、三天，去除土味比較好。」

這種去除土味的方法，基本上就是把魚蝦的腸胃清空。

既然油炸時會連內臟一起吃下去，客人應該不會希望小魚和蝦子的胃裡還殘留了其他東西。

「再來是換其他種油炸方式……」

雖然必須另外採購麵粉、麵露和醬汁，但這些只要跟艾戴里歐先生進貨就行了。

只要報出我的名字，艾戴里歐先生應該不會為難店長。

「天婦羅也很好吃呢。」

將小魚切成三塊，再把魚肉和蔬菜混在一起油炸的炸什錦也非常美味。

河蝦的炸什錦應該會很受歡迎。

「酒的利潤比較高，把這個當成下酒菜和酒一起賣，應該也能提升客人的平均消費額。」

「威爾，平均消費額是什麼意思？」

「呃，就是字面上的意思……」

艾爾似乎無法理解平均消費額這個詞。

「就是每位客人平均會花費多少錢的意思吧。」

「不愧是艾莉絲。艾爾真笨呢……」

「吵死了。反正我是擔任武官啦。」

被我當成笨蛋的艾爾，有些鬧彆扭地吃著試做的炸什錦。

「這樣的料理方法應該辦得到吧？」

「是的。不過沒想到居然有這種料理。」

店長做完筆記後，自己也開始試做料理。

該說不愧是店長嗎，他用比艾莉絲還快的速度，做好了更加漂亮的炸河魚和天婦羅。

「專家真是厲害……」

只要教過一次，料理經驗比較豐富的店長就能做得比我們還好。

雖然艾莉絲的廚藝也很好，但店長又更勝一籌。

「威爾大人好厲害。」

「這工作比想像中還輕鬆。店長的廚藝很好，所以只要教他新的料理方法就行了。」

之後，我又一一介紹了南蠻漬、甘露煮、味噌醃製和味噌煮等料理。

「到頭來，只要是用味噌和醬油燉煮，就會變得好吃又能入口，但這樣就都是味噌和醬油的味道吧。」

「唉……艾爾的味覺和小孩子一樣呢。」

「你今天講話還真不留情。」

「吶，艾爾，之前艾莉絲有煮山菜給我們吃過吧？」

「那個很好吃呢。」

我們曾經請艾莉絲幫忙料理在未開發地的山裡採到的山菜。

「艾莉絲在料理山菜前，會先燙過一次去除苦味和澀味，但要是去除得太徹底，山菜就會變難吃。」

「是這樣嗎？」

「是的。如果不保留一點苦澀味，山菜本身的風味就會跟著流失。」

不愧是完美超人艾莉絲。

她配合我向艾爾說明。

「有些人反而比較喜歡吃起來有點土味的河魚。即使用味噌和醬油調味過，只要保留一些原本的風味，就會變得和肉類料理完全不同。」

至於細微的調味，就要看廚師的手藝了。

「不過這樣就等於是在挑客人吧？」

「挑客人有什麼不好。」

「咦！這樣沒關係嗎？」

「沒關係。與其提供九成客人都覺得『還算好吃吧？』的味道，不如提供能讓三成客人覺得『一定要再來吃』的味道！」

餐廳成功的關鍵，就是要確保常客。

這間河魚店的料理方法過於陳腐，所以在用新料理方法掌握新客群的同時，也要增加會覺得「今天一定要吃這個」的常客。

「雖然這樣客人的數量會變少，但這間店原本就是靠會點夜間套餐的常客在支撐。套餐料理不僅平均價格較高，利益率也比較高。」

「鮑麥斯特伯爵大人說的沒錯。多虧了那些晚上的客人，這間店才能勉強經營下去。」

「這樣啊。話說利益率是什麼？」

「「「「哎呀。」」」」

難得我這麼努力說明，艾爾卻連利益率是什麼都不知道。

除了艾爾以外，其他人都忍不住跌倒。

「不就是字面上的意思嗎？就是價格有幾成是利潤。」

伊娜立刻向艾爾說明利益率。

「威爾，說明時夾帶一堆艱澀的專業用語，會讓人聽不懂喔。」

「這才不是專業用語，而且也不艱澀吧。」

看來以後絕對不能把和算帳或領地內政有關的工作交給艾爾處理。

他完全不適合這方面的工作。

「料理部分大概就這樣吧？剩下就要靠店長自己調整味道和確立料理方法了。」

「原來王都中央現在流行這種新的料理方法。新的調味料也很棒。我馬上買回來試做。我太拘泥於傳統，所以疏於創作新的味道。以後我會努力兼顧這兩者。」

店長一找到讓店繼續開下去的希望，就突然湧出幹勁。

他打算保留傳統料理的優點，同時挑戰新的事物。

雖然有很多人以為老店只會一直端出一樣的料理，但人的味覺會隨著時代改變，所以其實大部分的店都會稍微調整味道。

只要明白這點，這間店就算想再開一百年也不是問題。

「（我真是做了件好事）再來還有什麼地方要改進？話說這裡的魚是存放在哪裡？」

「魚池是設在後院。」

我又想到了其他該改進的地方。

在店長的帶領下，我們從廚房走到後院，因為這裡是郊外，所以直接挖了好幾個寬廣的魚池。

我看向池內，發現裡面放了幾十隻鯉魚和鯰魚。

話說為什麼只有一部分的魚名稱和日本不同呢？

感覺有點麻煩。

「魚池的水好乾淨。」

「在本店的建地範圍內，有水質很好的湧泉。」

「喔，那你通常會讓這些魚在清水內斷食幾天？」

「咦？不會特別斷食喔？我都是用香草消除土味。」

「出局！」

「咦！這樣不行嗎？」

這個店長膽子真大，明明魚池裡也有鯉魚，居然不先透過斷食去除土味。

連對河魚只懂皮毛的我，都知道要先這麼做。

不過即使如此，之前的魚料理還是能夠入口，看來這個世界的自然環境真的還沒被污染。

「那你為什麼要在地面挖魚池，把魚放在裡面？」

「為了讓牠們繼續活著。」

店長只是為了不讓魚死掉才放進池子裡，平常甚至還會餵飼料。

若事先將消化器官淨空，料理時也會比較好將魚解體，因此這麼做根本沒意義。

店長表示用香草消除土味，是傳統的作法。

「你剛才說建地內有湧泉吧。」

「是的。而且水量非常豐沛。拜此之賜，料理時也能使用好水。」

「那就用來消除魚的土味啊——！」

「非常抱歉！」

於是我緊急使用魔法，硬是打造出一個專門用來讓魚斷食的石造魚池。

這是因為如果直接在地面上挖一座魚池，會無法消除土味。

只要讓湧泉的水流入新魚池，就不需要另外費工夫換水，我只花約一個小時，就完成了幾十座石造魚池。

「魔法真是厲害。」

店長在看見後院的大量石造魚池後，感動地說道。

「我當然會跟你收些諮詢費用，既然都讓我做到這個地步了，你一定要讓這間店重新變成名店喔。」

「是的……那麼，要讓這些魚斷食約一個星期嗎？」

「先這樣試試看吧。詳細的天數，你就自己研究吧。畢竟還要按照產地和個體狀況進行調整。鰻魚要從料理前三天開始斷食，為了避免讓魚跑掉，最好先裝進籠子裡，再從上方加水進去。」

我曾在鰻魚養殖場看過這樣的作法。

將鰻魚放在專用的桶子裡，再從上面加入能讓牠們的體表維持溼潤的活水。

雖然還是會讓牠們斷食，但這麼做會比直接放進魚池裡更能維持鰻魚的活力。

「那麼，一個星期後再見吧。」

再怎麼說，我們也不可能在店裡等到魚的腸胃淨空，所以第一天的諮詢業務就到此結束。

然後，到了約定好的一個星期後。

「河魚料理店？是在王都郊外的店吧？鄙人以前也去那裡賣過魚，但為什麼要幫那間店？」

「因為薇爾瑪拜託我，而且感覺很有趣。」

「原來如此……領地內的開發進度比預期得還要快，所以是沒什麼關係……」

羅德里希無法理解我的堅持，但只要沒延誤開發進度，他就不會反對我們去王都。

他和我們之前去魔之森狩獵時一樣，替我們送行。

我立刻使用「瞬間移動」前往河魚料理店，然後發現店長正磨著菜刀等我們。

店門口掛了一面寫著「暫停營業」的牌子，看來他相當期待與我們見面。

於是假顧問終於要開始第二天上班了。

「先從柯奴爾開始吧。」

店長按照我的指示，細心地完成了味噌燉鯉魚、甜煮鯉魚和味噌烤鯉魚等料理。

生魚片還要考慮寄生蟲的問題，所以這次就先放棄。

我只有大略說明料理方法，剩下都是交給店長自己調整。

「真好吃。」

「是料理方法的差異嗎？我家道場煮的土味真的很重。」

「看來斷食非常有效呢。」

因為原本就住在清澈的水裡，所以只要斷食就不會有土味並變得好吃。

日本大概就得從養殖開始嚴格管理，才能做出這種味道。

「再來是糖醋魚。」

先去除內臟與魚鱗，再將鯉魚裹上一層粉，然後分別以低溫和高溫的方式各炸一次，淋上加了蔬菜的糖醋醬。

我父母以前常去的中華料理店有賣糖醋魚，所以他們曾經詳細地跟我說明過這道料理。

儘管料理方法不是很明確，但店長的經驗和技術彌補了這點，他將整條鯉魚放進大鍋裡油炸。

他似乎已經透過教會買到了太白粉。

「威德林大人，這樣可以嗎？」

「這糖醋醬真好吃，不愧是艾莉絲。」

炸過兩次的鯉魚，在淋上艾莉絲特製的糖醋醬後，看起來非常美味。

「雖然很費工夫，但這料理真不得了。」

如果炸得不夠久，就無法連頭和骨頭一起吃，所以這道料理非常費工。

我想起父母以前跟我說過，這道料理的價格通常是標「時價」。

「只要採取預約制就行了吧。」

「用大盤子裝，當成宴會料理應該能夠炒熱氣氛吧。」

儘管很費工，但試吃的結果非常令人滿意。

難怪這道料理以前會被當成中華料理店的招牌。

「吃得真飽。」

「卡特琳娜只負責吃而已。」

「薇爾瑪小姐，這種場合應該沒有我出場的機會吧。而且妳不也什麼都沒做。」

「不，薇爾瑪有幫忙從後院的魚池抓外觀漂亮的鯉魚過來。那麼，接下來就換卡特琳娜去抓納馬薩過來吧。」

「咦？要我去嗎？」

我一將大漁網交給卡特琳娜，她就露出猶豫的表情。

「納馬薩的外表有點……」

「妳明明連翼龍都能打倒，為什麼會怕區區的納馬薩啊？」

對女孩子來說，翼龍應該遠比鯰魚可怕多了，但卡特琳娜面對龍時，從來沒害怕過。

然而她居然會害怕鯰魚，女孩子真是難以理解的生物。

「我生理上無法接受那個外表，而且摸起來還滑溜溜的……」

雖然大部分的女孩子可能生理上就無法接受滑溜溜的觸感，但我覺得鯰魚看久了還滿可愛的。

「卡特琳娜也有女孩子氣的地方呢。」

「威德林先生，應該很難找到像我這麼有女孩子氣的人吧。」

「呃，艾莉絲之類的？」

「威德林大人，我抓納馬薩回來了。」

艾莉絲不知何時用大漁網抓了鯰魚回來。

看來她似乎不怕鯰魚。

「「……」」

「……怎麼了嗎？」

或許是因為不死族比較噁心，所以艾莉絲對這種事早就有了抵抗力。

「店長，解體就拜託你啦。」

「就讓您見識一下我鍛鍊了二十五年的廚藝吧。」

店長學會多種料理後，似乎也興奮了起來。

他將魚釘在砧板上，快速又華麗地將鯰魚分成三塊。

「喔，用錐子固定啊。」

「因為納馬薩的表皮太滑了。」

店長俐落地解體鯰魚，開始製作鯰魚天婦羅、炸醃鯰魚、照燒鯰魚、酥炸鯰魚和味噌鯰魚鍋。

「胃袋也是珍貴的食材呢。」

「翻過來用水洗乾淨後，再抹鹽巴烤吧。」

此外，店長還用菜刀將魚骨肉、魚頭、魚骨和魚肝敲碎，搭配味噌揉成丸子，煮成丸子湯。

「這個叫味噌的調味料真方便。雖然我曾試過用各種河魚做這道料理，但只靠鹽與香草味道實在不夠……」

店長似乎也有自行研究過料理方法，不用我指示就自己試做了好幾種料理。

醬油和味噌這兩樣發酵調味料，似乎對店長造成了很大的影響。

「露的材料也是魚，所以做不出好味道。」

露是指魚露，所以會和魚的味道重疊。

「再來換料理碰龜吧。」

「要吃那種烏龜嗎？」

「卡特琳娜的故鄉不吃這個嗎？」

「很不巧，我的家鄉沒有那種習慣……咿！」

店長砍下薇爾瑪從魚池抓過來的大甲魚的頭，卡特琳娜見狀便輕聲慘叫。

「明明能夠若無其事地砍下翼龍的頭。」

「這是兩回事。碰龜看起來不是很可愛嗎？」

我想起在日本，確實有人把甲魚當成寵物養。

在我和卡特琳娜聊天的時候，店長已經俐落地將甲魚解體完畢。甲魚可以做成油炸料理、火鍋、燒烤或雜炊，我向店長介紹這些菜式讓他料理。

店長這次也活用他的技術，漂亮地做出不像是第一次挑戰的料理。

「來試吃看看吧。」

現在已經快傍晚了，正好能拿來當成晚餐。

今天餐廳不營業，我們也預定在這裡住一晚，等明天再繼續指導店長，所以決定在店裡的包廂悠閒地享受晚餐。

「真好吃。」

食材和廚師的技術都很棒，因此每樣河魚料理都非常美味。

養在乾淨的水裡並確實斷食後，就不會再有土味。

「這樣應該能吸引很多客人，看來得再多採購一點醬油和味噌才行。」

店長端出剛做好的料理，開心地說道。

「成熟的風味真棒。」

艾爾也滿足地吃著大量料理。

「艾戴里歐先生是倚靠雄厚資本實施薄利多銷的策略，即使向他挑戰也很難取勝，因此只能靠河魚這項特色和多樣化的菜單決勝負。可以先用油炸料理和甘露煮吸引客人，再來設計中午用的定食菜單、針對想單點和喝酒的客人的菜單，以及宴會用的數種套餐……」

「原來如此。針對客人的目的，分別設計不同的菜單啊。」

「嗯，不過人手也是個問題。」

「請放心。我的父母、妻子和小孩也會幫忙。」

現在店裡還沒什麼客人，所以店長的太太只有晚上會來幫忙，兒子們則是到其他餐廳打工了。

「如果店裡的生意變好，大家都會回來這間店幫忙。」

「那明天就是重頭戲了。」

「明天嗎？」

「沒錯。明天要正式處理鰻魚。」

雖然我沒想到河魚料理居然這麼美味，但我特地指導店長做我沒特別愛吃的河魚料理是有原因的。

這一切都是為了確認店長的手藝。

說到鰻魚就會想到那個料理。

非常考驗技術的蒲燒鰻魚，究竟這位店長值不值得我教他這道料理呢？

我就是為了看清這點，才花費這麼多時間。

「店長平常都是怎麼料理鰻魚？」

「這個嘛。我都是切塊用熱水燙一次後，再加鹽巴和香草燉煮……」

「感覺很難吃……」

坦白講，那完全勾不起我的食慾。

「難吃……這好歹是這一帶的鄉土料理……」

這世界通常是用香草去除沒斷食過的河魚土味，再用鹽巴燉煮或燒烤，我實在無法忍受這點。

「雖然傳統也很重要，但還是必須挑戰新料理！」

我忍不住向店長如此強調。

「威爾為什麼對料理這麼堅持啊？」

「大概是興趣吧？」

「就算是這樣，那也快稱得上是一種病了。」

「沒錯。」

雖然艾爾和露易絲在一旁講了些失禮的話，但吃對人類來說非常重要。

只要大家都能吃到美食，這世界的紛爭就會減少。

「總而言之，等吃完料理就早點睡，替明天做準備吧。」

「明天也加油吧。」

「薇爾瑪。如果店長明天展現出身為廚師的精髓，將會在河魚業界掀起變革，他以後或許會被稱作『鰻魚王』呢。」

「居然是那麼厲害的料理……為了替明天做準備，今天還是早點睡好了。」

「沒錯，早點睡，替明天做準備吧。」

我和薇爾瑪蓋上毛毯，並肩睡在一起。

我們在店家二樓借了一個房間過夜。

「咦？這麼早就要睡啦？」

伊娜不滿地說道，但明天從早上就要開始忙碌。

因為明天必須傾注全力，製作蒲燒鰻魚。

「我只要明天也能吃到許多好吃的東西就行了。」

「我也會幫忙。」

「鰻魚明明既油膩又不怎麼好吃……」

艾爾和艾莉絲充滿幹勁，只有卡特琳娜似乎還是不太喜歡鰻魚。

「不過我保證卡特琳娜明天一定也會喜歡上鰻魚！」

「搞不懂你的自信是從哪裡來的……」

我們當天早早就上床睡覺，到了隔天早上。

簡單吃過早餐後，我們在暫停營業的店面前方的庭院，打造了一塊專門用來料理的空間。

我們準備了一個用來解體鰻魚的調理臺，並利用店內的設備做出用來燒炭火的烤臺，這些大工程主要都是由艾爾完成。

「店裡原本就有烤魚用的木炭，所以再來只要準備能使用離火源稍遠的旺火來烤魚的烤臺就行了。」

烤鰻魚最好是用離火源稍遠的旺火。

某部美食漫畫也曾這麼說過。

「要我做是沒關係啦，但威爾的設計圖畫得好爛。」

「只要大概看得懂就行了吧。」

「因為這東西的構造並不複雜，不過你的畫真的很爛。」

雖然我覺得這是在多管閒事，但看在艾爾順利搭起了烤鰻魚用的烤臺，我就不和他計較了。

「伊娜、露易絲，飯好了嗎？」

「好了，但煮這麼多飯沒問題嗎？」

「我也這麼覺得。會不會有點太多啦？」

「因為大家或許會想再添飯。」

「你還真有自信。」

過不久，臨時的料理空間就完成了，薇爾瑪將事先泡過泉水的鰻魚裝在大桶子裡搬了過來。

「店長！請從背部切開！」

「交給我吧。」

店長用和料理鯰魚時一樣的方式，將鰻魚固定在砧板上，在小心不傷到內臟的情況下，從背後將鰻魚剖開。

我一個人絕對做不到這種事，不愧是長年處理魚類、連鯰魚都能解體的專家。

店長俐落地解體鰻魚。

取出內臟後，他切掉背骨與頭部，用木籤串起來，再來只要先直接烤一次就行了。之所以使用木籤，是因為王國沒有長竹子。

「艾莉絲，麻煩妳製作醬汁。」

「好的。」

艾莉絲把醬油、味醂和酒倒進鍋子裡，開始熬煮醬汁。

之後只要再把烤過的鰻魚骨與鰻魚頭加進去熬煮一段時間，醬汁就完成了。

「是要用鰻魚骨和鰻魚頭熬高湯吧。」

「那對這個醬汁來說非常重要。」

店長專心烤鰻魚，艾爾則是趁這段時間製作蒸鰻魚用的蒸籠。

「艾爾，你要好好做喔。」

「雖然感覺和冒險者的工作沒什麼關係，但為了吃到美味的鰻魚料理，我會加油。」

順利將艾爾做的蒸籠放在大鍋子上後，我們開始用那個蒸籠蒸烤過的鰻魚。

這樣就能去除多餘的油脂，讓味道變得清爽。

這種作法就是所謂的關東風味，我以前曾聽說天然鰻魚的肉比養殖的還要硬，所以最好採取這種作法。

「最後再把蒸過的鰻魚沾醬汁拿去烤。」

「喔！沒想到居然還有這種料理。我會小心別讓鰻魚烤焦。」

店長開始執行最後的燒烤程序，順利完成了蒲燒鰻魚。

再來只要在煮好的飯上面淋醬汁，鋪上從木籤上取下的鰻魚就完成了。

「卡特琳娜，再來還需要花椒。」

「好好好。我有事先磨好了。」

這個世界也有吃蒲燒鰻魚時必備的花椒。再來只要把卡特琳娜事先磨好的花椒粉灑上去，就能開動了。

「我先來試吃一下……」

我立刻試吃了一口，久違的鰻魚好吃到讓人彷彿要飛上天。

雖然是職業廚師，但店長畢竟是第一次做蒲燒鰻魚，所以味道應該還是比不上日本的店家，不過只要他繼續磨練技術就行了。

只要他變得愈來愈熟練，遲早會達到和日本店家相同的水準，這樣我就能隨時吃到美味的蒲燒鰻魚了。
「原來還有這種吃法……」
店長試吃後，也被那股味道感動。
「比切塊後拿去燉煮好吃多了。」
雖然這裡的鄉土料理似乎都是這麼做，但大概只有英國人會喜歡吧。
我一點都不想試吃。
「這個也很好吃呢。」
「我還想再吃！」
「露易絲，太狡猾了。妳吃太多了啦。」
「加醬汁下去烤時，散發的味道實在太讓人受不了了。威德林先生，量好像有點少……」
伊娜她們不到一分鐘，就把最先做的鰻魚蓋飯給吃光了。
「我一口都還沒吃到耶！」
動作太慢沒吃到的艾爾開口抱怨。
雖然艾莉絲也沒吃到，但她並沒有抱怨。這應該就是出身的差異。
「店長，今天就不斷殺鰻魚，全部拿去蒲燒吧。」
「這是為了練習吧。」
「雖然有一部分是如此，但主要還是為了醬汁！」

我指向裝了艾莉絲做的醬汁的甕。

「烤過並蒸過的鰻魚在浸泡過醬汁後，還要再烤一次。那時候鰻魚的油脂和鮮味也會一併融入醬汁裡。」

「意思是鰻魚的鮮味會逐漸凝聚在醬汁裡嗎？」

「醬汁不夠時，就再重新補充。這麼一來，這個醬汁的味道就會愈來愈鮮美。」

「會變成非常珍貴的財產呢。」

「即使發生火災或戰爭，只要帶走這個醬汁，就能輕鬆重建店面。」

「原來如此，醬汁是寶物啊。好——我要烤一堆鰻魚，磨練技術！」

店長急忙把妻子和孩子都叫過來，準備烤一大堆的鰻魚。

他有三個已經成年的兒子，所以四人輪流殺魚、串魚、烤魚和蒸魚，他的妻子則是負責煮飯和盛飯。

大約過了三十分鐘後，追加的鰻魚蓋飯就完成了。

「艾爾，儘管吃吧。」

「鰻魚和飯放在一起，聞起來好香喔。」

又做好了一組鰻魚烤臺和蒸籠後，艾爾開始津津有味地享用鰻魚蓋飯。

「鰻魚鬆軟又好吃，淋了醬汁的飯味道也很棒。」

「炸魚骨和烤內臟也很好吃。」

我指導店長的兒子做魚骨煎餅、烤內臟和鰻魚肝湯，並且一起享用這些料理，真是久違的鰻魚大餐。

「再來一碗！」

「我也要再來一碗！」

因為太好吃，所以我忍不住又要了一碗，但吃三碗就是我的極限了。

之後我喝著鰻魚肝湯，一面品嚐烤內臟和魚骨煎餅，一面觀察店長他們，看來他們愈做愈熟練了。

「再來一碗！」

不過那些料理一做好，就馬上消失在薇爾瑪的胃裡。

「薇爾瑪，好吃嗎？」

「好吃。這樣這間店應該就能繼續開下去了。」

「是啊。我就幫到這裡了，之後要怎麼做生意，就由店長自己思考吧。」

「再來一碗。」

我本來打算帥氣地收場，但薇爾瑪毫不在乎地將空碗遞給店長的太太。

感覺有點白費力氣。

「薇爾瑪，妳那是第幾碗啊？」

「六十碗，不過差不多該停了。聽說吃八分飽比較健康。」

「嗯，是啊……」

店長他們還在繼續烤鰻魚，這也在我的計算之內。

在戶外烤沾過醬汁的鰻魚，會讓香味逐漸擴散。

雖然這裡是郊外，但還是位於連接帝都中央的街道旁邊，所以會有很多人經過，路人們逐漸被香味吸引過來。

「『大河』店長，那是新菜單嗎？味道好香啊。」

「是的。這是新開發的鰻魚料理。」

「我還沒吃午餐呢。那一份多少錢？」

「呃，本店今天……」

「好的，鰻魚蓋飯一份十五分，半份八分。鰻魚肝湯、烤內臟和魚骨煎餅都是五分。」

「那我要一份鰻魚蓋飯，還有鰻魚肝湯和魚骨煎餅。」

「謝謝惠顧。來人幫客人帶位。」

我強行決定價格，帶客人進去店裡坐。

「鮑麥斯特伯爵大人？」

「這下你明白我為何要你們在店外烤鰻魚了吧？」

「是因為香味嗎？」

「難得要烤大量鰻魚來練習，就順便販賣吧。店長，多烤一點吧。」

鰻魚光是味道就能拿來下飯。

在外面烤鰻魚，就能吸引一定數量的路人過來觀望，而他們就這樣開始吃起了鰻魚蓋飯。

只要他們回到王都後，向別人宣傳這道美食，明天又會有許多客人上門光顧。

這樣難得準備的材料就不會浪費了。

「新的鰻魚料理啊。我是第一次吃，但很美味呢。」

「我討厭吃鰻魚凍，但這個真的很好吃。」

「幸好有被味道吸引過來。」

即使已經過了中午，客人依然絡繹不絕，店裡不知不覺間就坐滿了人，我們也幫忙點餐和洗餐具。

「偶爾做這種事還滿有趣的。」

「是的，威德林大人。」

我想起學生時代在拉麵店和家庭餐廳打工的事。

艾莉絲也開心地幫客人點餐。

「不過客人還真多呢。」

「威德林先生擁有奇妙的才能呢。」

艾爾和卡特琳娜在洗碗的同時，也對客人的數量感到驚訝。

我其實並沒有做生意的才能，這種作法其實和作弊差不多。

只是這個世界沒有蒲燒鰻魚，而我剛好知道而已。不管是哪種生意，最賺的都是第一個起頭的人。

「味道真香。我不要飯，給我烤內臟、魚骨煎餅和酒就好。」

「布蘭塔克先生？」

「伯爵大人，你在這裡做什麼？」

最近都為了執行布雷希洛德藩侯的命令，而和我們分開行動的布蘭塔克先生，若無其事地點了鰻魚。

「我只是兼差當一下顧問。」

「那算是冒險者的工作嗎？」

「偶爾接這種工作也滿有趣的吧？布蘭塔克先生是來郊外工作嗎？」

「我是在幫我家老爺辦事。不過又有新料理啊。我看看……很下酒呢。」

布蘭塔克先生一臉滿足地喝著冰涼的小麥蒸餾酒，搭配蒲燒鰻魚和魚骨煎餅。

「烤內臟也很好吃。這裡是能同時享受酒和下酒菜的大人的店呢。下次邀請艾戴里歐一起來吧

……啊，這次他沒有參與吧。」

「畢竟材料特殊，而且如果每次都交給艾戴里歐先生，也無法營造健全的競爭環境。」

「這麼說也有道理。對了，我記得這是間老牌的河魚餐廳，和漁夫的交情應該也很深厚吧。」

「如果找艾戴里歐先生合作，光是想採購鰻魚，就得花一段時間交涉吧。」

「沒錯，而且進貨價格也會比這裡高。」

雖然漁夫們並沒有正式組成公會，但他們非常團結，所以實際上和公會沒什麼兩樣。

若老店「大河」靠鰻魚和其他河魚料理成名，他們的生活也會跟著變好。

比起和艾戴里歐先生那樣的新客戶合作，他們應該會優先選擇已經認識很久的「大河」，將優質食材便宜地賣給店長。

「所以鰻魚的事，還是別找艾戴里歐比較好啊……」

「我聞到新生意的味道……啊！鮑麥斯特伯爵大人！我明明是伯爵大人的御用商人！」

看來艾戴里歐先生今天也在王都，而且馬上就聞到鰻魚的味道過來了。

剛剛的話題主角艾戴里歐先生，在發現美味的蒲燒鰻魚以及我在店裡幫忙後，便驚訝地大喊。

「也讓我參與啦——」

「你有辦法採購鰻魚嗎？」

「唔……應該沒辦法比這間店便宜……」

一想到與漁夫交涉有多麻煩，艾戴里歐先生就開始猶豫了。

「醬油和味醂等醬汁的材料，不是幾乎由艾戴里歐先生獨占了嗎？像這種時候，你應該要祝賀店家生意興隆吧？」

而且之後在鮑麥斯特伯爵領地開鰻魚料理店時，這裡的店長應該會全力幫忙。

這就是所謂的「好心有好報」。

「這個香味，是來自以醬油為基底的醬汁啊。」

「除此之外，我還教了店長如何在跟不上時代的河魚料理中，加入大量味噌的料理方法，因此之後味噌的銷售量應該會變得更好。」

「連味噌都有用到啊！」

「這個醬汁也能用在其他食材上。例如把蒸過的雞肉沾醬拿去烤。用這種醬汁烤茄子或豆腐，也能提供給不能吃肉和魚的人。」

「原來如此，這真是個好方法。幸會，我是艾戴里歐商會的人。」

艾戴里歐先生立刻重振精神，跟店長打招呼，然後點了鰻魚蓋飯和烤內臟，津津有味地吃了起來。

能夠將心態轉換得這麼快，實在令人敬佩。

「這樣醬油也能大賣了！」

店裡還是一樣座無虛席，最後只好在店前面的庭院設置臨時座椅疏散客人。

然後，某人終於現身了。

「在下聞到了美食的味道！嘿呀！」

與其說是高速降落不如說是高速墜落在店前面的神祕物體，是從王都中央飛來這裡的導師。

他在降落的同時發出巨響，有些客人甚至嚇得拿著碗衝到店外看發生了什麼事。

「鮑麥斯特伯爵，為什麼這麼有趣的事不找在下！」
「呃……再怎麼說也不能讓導師做這種工作……」
怎麼可以讓身為王宮首席魔導師的導師，來餐廳幫忙呢。
這只是表面上的理由，真心話是我完全不認為導師能派上用場。
「在下可以幫忙試吃吧！」
「（這部分有薇爾瑪在就夠了……）下次會邀你啦。」
「下次一定要邀在下喔！那麼，趕緊來試吃新的鰻魚料理吧。在下要二十份大碗的鰻魚蓋飯、十碗鰻魚肝湯、二十塊魚骨煎餅，還有三十串烤內臟。」
「你真的有辦法吃完嗎？」
「那當然！」
導師自信滿滿地點了一大堆料理，等料理送來後，就開始狼吞虎嚥。
「真是太好吃了！醬汁實在太刺激食慾了！」
「光看就覺得腸胃不舒服……」
「導師的食量算小了……」
「那是和薇爾瑪比的情況吧……」
艾爾一看見導師的吃相就露出厭煩的表情，除了薇爾瑪以外，大家也都用眼神表示贊同。
「鮑麥斯特伯爵大人認識好多大人物啊。」

來。

「雖然他們都是大人物，但只要正常地端出美味的料理就沒問題了。」

布蘭塔克先生、艾戴里歐先生和導師，連續來了三個在王都赫赫有名的人物，讓店長緊張了起來。

即使如此，他烤鰻魚的速度還是沒變慢。

這是因為如果不加緊烤鰻魚，不管過多久客人都不會減少。

「明天以後沒問題嗎？」

「進貨和人手方面都不用擔心。」

不愧是老店，應變能力比店鋪規模看起來還要高。

店長表示會盡快建立即使沒有我們幫忙，也能順利經營的體制。

「我會靠您教我的河魚料理和鰻魚料理，努力讓『大河』能再營業個一千年。」

最後那些鰻魚直到傍晚才賣完，當天晚上，我們在宴會包廂享用了各種料理。

我之前教了店長很多料理，而在經過一個星期的練習後，他做的料理又變得更加洗鍊美味了。

「真好吃。實在太下酒了。」

「艾戴里歐商會除了醬油和味噌以外，也有賣油炸料理用的醬汁和糖醋醬需要的番茄醬喔。」

「鮑麥斯特伯爵。這裡賣的料理每一樣都很好吃！下次一定也要找在下！」

雖然多了三個與這件事無關的人來吃白飯，但之後大河成為河魚料理界的領頭羊，不僅開設更多的分店，在蒲燒鰻魚方面的成就更是無人能及，店長也因此被稱作「鰻魚王」。

＊　＊　＊

「原來如此。這就是故事裡提到的醬汁啊……」

「我本來以為瑞穗伯國應該也有……」

「我們領地習慣不加醬直接烤鰻魚，烤好後再搭配山葵醬油吃。」

我開始準備烤鰻魚時，同樣無事可做的瑞穗上級伯爵也帶著家臣造訪我們的陣地。他似乎對蒲燒鰻魚充滿興趣。

「你買了用竹籤串起來的鰻魚啊。」

「畢竟處理鰻魚對外行人來說太困難了。」

雖然外行人也不是不能自己處理鰻魚，但果然還是直接買專家處理過的鰻魚比較保險。

不過如果只是烤魚，外行人應該也能勝任。

「太天真了！比在豆沙包上加砂糖還天真（註：日文中的天真也有甜的意思）！鮑麥斯特伯爵啊！」

「那樣的確太甜了。」

只有伊娜一個人因為瑞穗上級伯爵奇妙的比喻露出贊同的表情。

「烤鰻魚也需要熟練的技術。嗯，原來還能先蒸過再加醬汁烤，或是不蒸直接加醬汁烤啊。就交給我家的廚師吧。雖然以前都是直接烤，但他烤魚的技術非常熟練。」

瑞穗上級伯爵臨時加入烤鰻魚的行列，而且他不僅提供了更多的鰻魚，還把擅長殺鰻魚和烤鰻魚的廚師借給我們，真是太感激了。

他帶來的廚師同時做了關東風味和關西風味的烤鰻魚，前者吃起來非常鬆軟，後者則是能吃到酥脆的魚皮和紮實的魚肉，美味的鰻魚就這樣不斷地送上桌。

不過沒想到瑞穗伯國居然沒有蒲燒鰻魚。

仔細想想，日本也是從江戶時代中期才開始有蒲燒鰻魚，所以或許也沒什麼好奇怪的。

「我叫廚師兩種都做，一起吃比較看看味道吧。」

「瑞穗上級伯爵手邊也有鰻魚啊。」

「雖然現在不是產季，但鰻魚是能增強精力的食材。所以我有存一些在魔法袋裡。」

那些鰻魚似乎是處理過後被串在竹籤上保存，廚師拿出那些鰻魚後，就按照我的指示料理，再放到事先盛好的飯上面。

一碗是關東風味，另一碗是關西風味。

大河的店長有分我醬汁，所以這部分是由我提供。

即使分量減少，只要再做新的醬汁補充就行了。

「這香味已經算是一種暴力了。吃起來味道也很棒！今天就盡量做蒲燒鰻魚吧！」

瑞穗上級伯爵指示部下拿出大量鰻魚製作鰻魚蓋飯，讓許多瑞穗人享用。

「好香啊。這是鮑麥斯特伯爵大人發明的嗎？」

「是啊，遙小姐。」

「這味道真誘人。」

遙也被這股味道引來，原本在幫忙的艾爾跑到她身邊說明狀況。

「為什麼鮑麥斯特伯爵大人能夠想出這麼多新料理呢？」

「誰知道？大概他上輩子是廚師吧？遙小姐也一起來吃吧。」

「好的。」

此時，就連阿爾馮斯也被這股香味吸引過來了。

「新菲利浦公爵，要一起吃嗎？」

「我現在不太能插手舊紐倫貝爾格公爵領地的統治。畢竟要是不小心留下了什麼影響，之後彼得殿下會很難辦事。」

看來菲利浦公爵家諸侯軍也沒什麼事能做，阿爾馮斯羨慕地看向鰻魚蓋飯。

「鰻魚啊。帝國通常都是用炒的。」

帝國似乎習慣先將鰻魚切塊用水煮過，再和蔬菜一起拌炒。

不曉得味道如何。

「營地裡沒什麼娛樂，真羨慕你們能像這樣開心地做料理。」

「是啊。吃了這個後，再好好努力吧，菲利浦公爵大人。」

「泰蕾絲現在的身分真是輕鬆……我也好想退休……」

「至少要再過三十年才有辦法吧。」

「我知道啦……」

「別哭，阿爾馮斯。我特別幫你準備了一份大碗的鰻魚蓋飯。」

我遞給阿爾馮斯一碗特別增量過的鰻魚蓋飯。

「我高興得都快哭出來了……」

各式各樣的人們聚在一起，津津有味地吃著鰻魚。

蒲燒鰻魚就這樣在瑞穗人與帝國人之間，爆發性地流傳開來。

「鮑麥斯特伯爵，我想用一千兩買下那個醬汁！」

「我才沒這麼容易賣人。畢竟這可是人氣名店『大河』泡過大量鰻魚的醬汁。」

「聽了這句話後，我更想要了！我今天不是幫忙提供鰻魚了嗎？」

「說想分給大家吃的人，是瑞穗上級伯爵吧。我提供醬汁也算是有貢獻了。」

「難道不是應該這麼想嗎？鮑麥斯特伯爵的醬汁，在吸收了我提供的鰻魚鮮味後，又變得更加美味了。我也有為那個美味醬汁出一份力，所以賣我半瓶也不為過吧？」

「不，這種做醬汁的方法，在瑞穗伯國並不稀奇吧？你可以自己重頭做一罐新的醬汁。」

「這樣我們的醬汁不就會輸鮑麥斯特伯爵的醬汁一截嗎？」

「沒關係啦。瑞穗伯國也盛產鰻魚，你們的醬汁馬上就會追過我了。」
「賣給我吧。我想要那個醬汁！只要一半就好！」
「要是賣你一半，味道就會變淡。」
「我今天提供的鰻魚鮮味就占了一半，所以最後還不是一樣！」
「怎麼可能有到一半！這可是鰻魚名店每天烤鰻魚才做出來的醬汁，店家是看我的面子才特別分給我耶！」
「只要四分之一就好！」
試吃蒲燒鰻魚的活動在大受好評的情況下結束，但之後瑞穗上級伯爵不停地纏著我，要我把醬汁賣給他。
最後我還是不敵他的熱情，賣了四分之一給他，這個醬汁也就此成為在瑞穗伯國內新開的鰻魚店醬汁的基底。

第二話　某位貴族的私生女騷動

「巡迴治療？」

「沒錯，巡迴治療。我們在內亂時，不是給帝都周邊的村子添了許多麻煩嗎？作為補償，我們打算免費幫村民們治療。雖然教會也有派人支援，但目前人手不足，所以想拜託各位幫忙，尤其是艾莉絲大人。」

將統治紐倫貝爾格公爵領地的工作交給殘存部隊後，帝國軍的主力就和我們一起返回帝都。

我本來以為接下來只要領完獎賞就能回去，沒想到彼得又派人來找我們幫忙。

他想拜託我們免費用治癒魔法替被捲入內亂的村民們治療。

彼得即將成為新皇帝，所以即使必須露骨地討好民眾，他也要鞏固帝國臣民的支持。

「雖然我並不在意……」

「我不太擅長治癒魔法，但我也不介意幫忙。」

艾莉絲像是顧慮我般委婉地回答，不過我的器量也沒小到連偶爾當一下志工都不願意。

我沒想太多，就直接答應參加巡迴治療。

「我也要參加。偶爾像這樣援助民眾，也是貴族的義務。」
卡特琳娜認為像這樣定期擔任志工，也是身分高貴者的責任，所以即使只能治療輕傷，她仍表示要參加巡迴治療。
「然後又會被小孩子叫『阿姨』。」
「薇爾瑪小姐，那種事才不會那麼常發生。畢竟我現在還是個未滿二十歲的少女。」
卡特琳娜以前曾因為被自己治療的孩子叫阿姨而陷入沮喪。
薇爾瑪覺得這次或許又會上演相同的狀況。
「卡特琳娜，小孩子有時候很殘酷啊。」
伊娜說的沒錯，他們就連面對二十幾歲的年輕人時，也會若無其事地叫對方「大叔」。
我想起自己前世念大學時，也曾因為被小孩子叫「大叔」而陷入沮喪。
「反正今天也沒機會戰鬥，偶爾改變一下形象也不錯。」
說完後，卡特琳娜立刻將平常的禮服，換成給人清純印象的白色連身裙。
不過……
「看起來好怪。」
「是啊，總覺得不太自然……」
「不適合妳呢。」
雖然卡特琳娜努力改變自己的形象，但馬上被露易絲、伊娜和薇爾瑪嫌棄。

「艾莉絲小姐覺得如何？」

「呃……非常適合您喔……」

艾莉絲基本上是個好孩子，所以不好意思說卡特琳娜不適合那種打扮。

相對地，我發現她完全無法直視卡特琳娜。

「妳真的這麼覺得嗎？」

「嗯……」

不行。

艾莉絲真的很不會說謊。

「威德林先生覺得如何？」

這時候說謊也沒意義。

「雖然我對服飾沒什麼概念，但看起來不太平衡。」

卡特琳娜只有換上簡樸的服裝，並沒有改變髮型。

她的髮型和平常那件華麗洋裝非常搭配，但現在只有頭髮特別顯眼……看起來就像個長頭髮的木頭人偶。

不曉得這個世界有沒有木頭人偶……瑞穗伯國應該有吧？

下次去找找看好了。

「不如把頭髮放下來，弄成直髮如何？這樣看起來應該會比較平衡。」

卡特琳娜是個美女，只要改變髮型，應該就會變得很好看。

「改變髮型嗎？」

「是啊。」

「威德林先生，這是不可能的。」

「是因為威格爾家有這方面的家訓或規定嗎？」

卡特琳娜也是貴族，如果她家裡有這種代代相傳的規定，就不能勉強她改變髮型。

畢竟很多貴族都擁有奇妙的堅持。

「不。只是我的頭髮很容易亂翹，怎麼弄都弄不直。我從小就試過各種方法，最後發現這個髮型最能彰顯出貴族的威嚴，所以我不可能改變髮型。」

卡特琳娜得意地如此說道。

「那就不能穿那套衣服了吧。」

「……真是遺憾。」

最後卡特琳娜還是換回了平常的服裝。

「只要有我、艾莉絲和卡特琳娜這三個治癒魔法師就夠了吧。」

其他人也預定與我們同行，有些人是為了充當護衛，有些人是為了消磨時間，只有布蘭塔克先生必須留下來處理事情。

在這場巡迴治療中，我們只被分派到一個村子，所以有三個治癒魔法師就夠了。
我原本是這麼想，但導師不知為何也打算參加。
「在下也要一起去！」
「我們又不是去戰鬥。」
「在下也需要練習治癒魔法！」
我也不是不能理解導師的心情，但他必須抱住對方才能施展治癒魔法。
小孩子可能會因此窒息，而女性……尤其是未婚女性，應該不想被他抱吧。
至於男性……至少我是絕對不想接受他的治療。
「舅舅。」
「艾莉絲，怎麼了嗎？」
「我想拜託舅舅幫忙治療帝國軍人。」
原來如此，無辜的村民們並不具備相關知識，如果被導師抱住一定會留下心靈創傷，所以不如讓他負責還沒全部接受過治療的帝國軍官兵。
巡迴治療本來就讓人力變得非常吃緊，而且他們都是軍人。
如果只要被肌肉大叔抱一下就能治好傷口，他們應該也願意忍耐吧……
「我想在軍人當中，應該還有許多傷患需要舅舅的幫助。」
「艾莉絲說的沒錯！就交給在下吧！」

多虧艾莉絲巧妙地說服了導師，帝國的無辜村民們總算免於被導師摧殘。
帝國軍人也因此能夠獲得治療，而且身為軍人，稍微忍耐一下也是應該的。

在分配完工作後，我們前往某個位於帝都郊外的村子。
從帝都騎馬去那裡，大概需要半天的時間，我們今天預定直接在當地住一晚。
「一定是因為那裡太遠了，所以才會推給威爾你們這些看起來很閒的人。」
露易絲，雖然這應該是事實，但不能直接說出來啦。
「泰蕾絲也跟過來了。」
「雖然本宮不會魔法，但至少可以幫忙打雜。反正一個人留在帝都也不會有什麼好事。」
畢竟難保不會有想扯彼得後腿的貴族，趁機來和她接觸。
所以在離開帝都前，她都不能離開我的身邊吧。
「親愛的，我們就快到目標的村莊了。」
「那裡應該沒有瀕死的重傷患者吧？」
我的治癒魔法只有中級的水準，如果遇到那種必須找某位知名無照醫師來治療的重傷患者，壓力會很大。
如果全交給艾莉絲治療，又會覺得對她不太好意思。
「我想那樣的傷患應該不多吧……」

「聽說各位今天要用魔法替我們治療，實在是萬分感謝。」
抵達目的地後，一位看起來年過七十、似乎是村長的白髮老人，就代表村民向我們打招呼。
「因為這個村子沒有治癒魔法師……」
即使教會裡通常都有神官，但並非所有神官都會治癒魔法。
不會魔法的神官大多都是獨自鑽研藥學，再分發自己調配的草藥。
光靠講道，根本就無法讓教會獲得偏遠村落的支持。
不過藥的價格非常昂貴，這次的內亂又為村子的經濟狀況帶來沉重的打擊。
即使位於帝都郊外，一旦往來的人變少，還是做不成生意。
所以才要靠這次的巡迴治療救濟臣民，拉攏他們支持新政權。
「那麼就快點開始治療吧。」
遇到這種狀況時，還是交給擅長治癒魔法的艾莉絲處理最有效率。
在王國也經常參加這類治療活動的艾莉絲，俐落地展開行動。
我和卡特琳娜聽從艾莉絲的指示，開始用治癒魔法治療輕傷者。
「妳真是熟練。」
「親愛的，請您不要使用太多魔力。」
「這個村子的傷患應該不多吧。有必要這麼節約魔力嗎？」

雖然我覺得不需要在意節約魔力的事情……

「那個……因為之前聽說會有貴族大人過來，所以從周邊的村子也來了許多患者。」

「原來如此。我居然連這麼簡單的事都沒想到……」

因為不可能每個村子都派人過去，所以才指定方便周邊村落的村民集合的村子。

經驗豐富的艾莉絲，早就知道會有許多患者過來。

「為了減少艾莉絲的負擔，我來幫忙治療介於輕傷和重傷之間的患者，輕傷者就全部交給卡特琳娜吧。那個，卡特琳娜……」

我看向治療輕傷者的卡特琳娜，但她不知為何顯得有點沮喪。

「卡特琳娜，妳怎麼了？」

「嗚嗚……反正我看起來就是很老……」

她似乎又被小孩子叫「阿姨」，並因此感到沮喪。

「小孩子就是這樣啦，我一定也會被他們叫『大叔』。」

「真的嗎？」

「真的啦。我也有過一樣的經驗。」

我正好在幫一個骨折的三歲小孩治療，所以我叫卡特琳娜注意他會如何叫我。

小孩子很殘酷，一定也會叫我大叔。

「謝謝你，大哥哥。」

「……不客氣。」

「……」

真是出乎意料。

這孩子年紀雖小，卻是個懂事的好孩子。

不過卡特琳娜的視線讓我覺得好尷尬。

「差不多習慣了呢。」

「呃……方便打擾一下嗎？」

在順利治療完幾百名村民後，終於輪到最後的患者，但這位患者明顯超出了我和卡特琳娜的能力範圍。

患者是位年輕的女性，她看起來並未受傷或生病，只是臉上有一大片醒目的燒傷。

她似乎在幾個月前的火災中，不幸燒傷了臉。

雖然不是攸關性命的重傷，但半吊子的治癒魔法師無法消除這種傷痕。

「儘管不會危急性命，但這女孩下個月就要嫁人了……」

「那一定要讓她漂亮地出嫁呢。」

同為女性，艾莉絲似乎非常想替她治療。

「我也贊成，但要怎麼治療？」

其實那片燒傷痕跡，似乎已經用治癒魔法治療過了。
雖然燒傷已經痊癒，但留下了難看的痕跡。
這種案例似乎還不少，不過就算我們用治癒魔法替她治療，也不可能消除燒傷痕跡。
即使對已經痊癒的人施展治癒魔法，也不可能讓狀況變得更好。
就在我煩惱該怎麼辦時，艾莉絲告訴我治療的方法。
「遇到這種狀況時，必須先做一件事。請借我一把銳利的刀子。」
我將刀子交給艾莉絲後，她對燒傷的女性說道：
「要先將燒傷痕跡削掉，所以請稍微忍耐一下。」
說完後，艾莉絲在燒傷痕跡上塗了一層雖然不像麻醉那麼有效，但能夠緩和疼痛的藥，然後開始削除燒傷的疤痕。
那位女性偶爾會因為疼痛而亂動，但艾莉絲無視她的反應，將傷痕全部削除。
傷口和艾莉絲的雙手都沾滿了血。
「親愛的，請施展強力的治癒魔法。」
「我知道了。」
簡單來講，就是先削除傷疤，再重新用治癒魔法使皮膚再生吧。
雖然消耗了不少魔力，但傷口逐漸長出漂亮的皮膚。
治療結束後，艾莉絲用溼布擦拭那位女性的傷口，確認燒傷的痕跡已經完全消失。

「喔喔！好厲害！」

「厲害的是威德林先生的魔法吧。」

雖然卡特琳娜這麼說，但如果不曉得必須先削除傷疤，一定無法成功治療。

「話說治療的結果還真是不錯……」

看來只靠治癒魔法，還是無法完美地治好所有傷口和疾病。

教會的厲害之處，就在於掌握了這些經驗與知識吧。

「這樣就能放心結婚了。」

「謝謝大家。」

燒傷完全痊癒後，年輕女性向我和艾莉絲道謝。

「這樣妳的丈夫也能放心了。」

「感謝各位治好了海蒂。她自從燒傷臉後，就一直不肯出門，還說要和我解除婚約，過得非常痛苦……」

和她一起來的像是未婚夫的男性，也如釋重負般的向我們道謝。

就這樣，我們順利地只花一天就完成了巡迴治療的工作。

因為天色已經變暗，我們決定今天直接在村子裡住下來。

幸好村裡有棟沒人住的民宅，村長也答應把那裡借給我們使用。

「真不好意思，這間房子裡什麼也沒有……」
「沒關係，我們有自己帶家具過來。」
我們的魔法袋裡原本就有床、椅子和烹飪用具，所以不太需要麻煩別人照顧。
「我倒是覺得他們至少能請我們吃個飯。」
「這個村子離帝都很近，所以也嚴重受到內亂的影響。彼得大人之所以指名威德林負責這裡，也是因為不想為這個村子帶來無謂的負擔吧。」
露易絲似乎很介意村長沒替我們準備餐點。
不過包含這個村子在內，這附近的經濟狀況都因為內亂而大幅惡化，雖說我們用治癒魔法替他們治療，但若要求他們用心招待，只會變得本末倒置。
「打擾了。不好意思，都讓各位免費替我們治療了，卻無法準備什麼像樣的回禮……」
「這是我們村子的特產，希望合各位的胃口。」
不過村民們似乎也不好意思平白接受治療，所以各自帶了蔬菜過來送我們。
「謝謝各位的新鮮蔬菜。」
人品高尚的艾莉絲向村民們道謝，之後我們決定一起用那些材料做晚餐。
將大鍋子放在魔導火爐上煮出來的「味噌燉菜」，是艾莉絲獨自開發出來的料理。
雖然看在我這個前日本人的眼裡，那並不算什麼正統料理，但實際吃過後就會發現非常美味。是一道不管配麵包或配飯都非常搭的神奇燉菜。

「這些材料也能拿來做沙拉。」

另外我們還做了沙拉，從魔法袋裡拿魔物肉出來烤，並準備了一些現成的甜點，順利地完成了晚餐。

「泰蕾絲比想像中還要能幹呢。」

伊娜佩服地對短期間內就學會使用菜刀，正俐落地切著蔬菜的泰蕾絲如此說道。

「呵呵，因為本宮變得比以前還要有空了。既然已經知道威德林喜歡廚藝好的女孩子，當然必須好好鍛鍊。」

雖然我喜歡的女性類型，看起來意外地豐富，但確實每個人的廚藝都不差。

我前世也是如此，只要一吃到難吃的料理，馬上就會表現在臉上，或是讓話題變得接不下去，導致我與替我做飯的女性之間的氣氛變差。

或許這讓我變得會直覺地迴避這類女性。

「泰蕾絲會做的料理，種類還是太少了。」

「我正在努力學習。幸好我現在很有空。」

相對地，變成新菲利浦公爵的阿爾馮斯似乎每天都很辛苦。

「艾莉絲小姐今天的表現真是太棒了。尤其是最後針對燒傷疤痕的治療。」

「因為這些事，我以前都在教會學過。」

如果想只靠治癒魔法治好嚴重的燒傷疤痕，應該需要非常龐大的魔力。我不認為所有治癒魔法師都能辦到這種事，如果讓治癒魔法師使用大量的魔力，消除一個不會危害到患者生命的燒傷痕跡，或許會影響到其他有生命危險的患者的治療。

於是教會便累積了各種經驗與作法，其中也包含了一開始就先削除燒傷的疤痕。

這麼一來，即使是像我這種中級程度的治癒魔法，也能治療這類患者。

即使近年來都被認為已經腐敗，但擁有醫療知識的教會，仍是廣受支持的便利組織。

「艾莉絲即使看見血也不會驚慌呢。」

「因為我從以前就在替別人治療，不過第一次看見血時，還是會驚慌呢。」

「這很正常吧……我小時候第一次被吩咐殺掉兔子放血時，也是嚇得半死。」

原來艾爾也有這種經驗。

我以前也是這樣，但現在即使看見剛打完仗的場景，也不會覺得不舒服。

人類果然是會習慣的生物。

「幸好今天就把治療的工作都處理完了。這樣明天一早就能返回帝都。」

「要是待太久，或許又會被殿下塞其他工作。」

薇爾瑪說得也有道理，還是早點領完獎賞，返回鮑麥斯特伯爵領地吧。

「買完土產就回去吧。」

「土產確實很重要。」

並非所有土產都是用來送禮。只要買到自己喜歡的土產，回國後就能繼續回味旅行的樂趣。

「沒錯。除了帝國的土產以外，也不能忘記買瑞穗的土產。」

不愧是類似日本人的人種，遙果然也很看重土產。

因為今天就完成了彼得的委託，所以我們餐後自然地談論起歸國的事情。

馬上就能回去了。

該買什麼土產好呢？

或許是因為都在討論這種事，感覺之後又會被捲入其他的麻煩……這應該是我多慮了吧？

「不好意思，這麼晚來打擾。」

此時突然有人來敲門，艾爾警戒地打開門，發現來人是村長和一位看起來十二、三歲的少女。

「村長，請問有什麼事嗎？」

「其實我有件事想私下和各位商量……是關於這女孩的事。」

「我們不需要那種招待喔，那樣只會反過來惹威德林不高興。」

泰蕾絲有些生氣地對村長說道，但我不曉得其中的理由。

「（這是怎麼回事？）」

「（雖然是受到內亂的影響，但他們終究還是沒有好好招待幫村民治療的威德林，所以才派那女孩過來吧。）」

這是我們村裡最漂亮的女性，請務必疼愛她一晚的意思嗎？

「（我才不需要這種服務。）」

而且那女孩也太年輕了。
通常這種任務，應該會交給比較成熟的女性吧？
「（今天最大的功臣是艾莉絲，如果對象是女性，他們也會準備帥哥來服務嗎？）」
「（威德林，你偶爾會說出讓人想把你的腦袋剖開來調查的話呢……）」
我一提出這個問題，泰蕾絲就露出真心覺得受不了的表情。
「村長，包含本宮在內，這裡的女性已經夠多了。所以不需要那種服務。」
「（泰蕾絲，妳真的很會趁機占便宜。）」
「（吵死了，這樣講比較方便啦。）」
泰蕾絲趁機表明自己也是我的女人，所以被薇爾瑪吐槽。
「不，我不是這個意思，其實這孩子是某位貴族的私生女……」
「哎呀，已經開始啦？」
「泰蕾絲，這是什麼意思？」
「這女孩的父親，大概是想和威德林攀關係吧。」
原來如此。
因為很難一開始就進展到談婚事，所以才想先將無法繼承家門的女兒推給我，藉此和鮑麥斯特伯爵家締結關係吧。
內亂好不容易才結束，結果又要面臨其他麻煩。

「那個……您誤會了。這孩子是赫爾穆特王國貴族的私生女，所以我只是希望各位能帶她一起回去。」

「啊？你說她是王國貴族的女兒？」

看來就連泰蕾絲，也沒想到那女孩居然是王國貴族的私生女。

她難得露出驚訝的表情。

「村長，請你把事情說清楚一點……」

看來村長是因為知道我是王國貴族，才會想把那個女孩託付給我。

為了聽取詳情，我請村長和那個女孩進來屋裡。

「我叫菲莉涅，請多指教。」

在村長的吩咐下，那個女孩開始自我介紹。

「菲莉涅小姐啊。您要吃蛋糕嗎？」

「……呃……」

「菲莉涅，妳就接受吧。」

「好的！」

菲莉涅尚未成年，所以當然無法好好說明自己複雜的身世。於是艾莉絲端出蛋糕和茶，讓她能夠在村長說明的期間安靜地吃蛋糕。

菲莉涅一開始還不太敢接受，但在獲得村長的許可後，就開心地吃起了蛋糕。

「其實這孩子的母親，在我們村裡也算是出了名的美女，所以在王國上次派遣親善訪問團過來時，她被選為負責服侍王國貴族的女僕。」

而她就是在當時，懷了她負責服侍的王國貴族的孩子。

「……之後她回到故鄉，在這個村子裡生下菲莉涅……」

儘管那位女性和菲莉涅曾相依為命地在這個村子裡生活了一段時間，但在菲莉涅還小時，她的母親就因病去世，之後就換身為遠房親戚的村長照顧她。

「與其繼續留在這個村子裡生活，不如拜託鮑麥斯特伯爵將她送回父親身邊，這樣對她的未來也比較好……」

對這種偏僻的村子來說，繼承外國貴族之血的少女，應該算是個燙手山芋吧。

幸運的是，我這個王國貴族造訪了這裡，所以覺得這是命運安排的村長，才會決定將菲莉涅託付給我。

「咦？該不會彼得也知道這件事？」

所以才會派我來這個村子。

「鮑麥斯特伯爵大人，菲莉涅的身世，只有我、菲莉涅和她去世的母親知道……」

這只是偶然嗎……如果真是如此，那就是這女孩運氣非常好？

或是我天生就容易被捲入麻煩。

「不好意思，雖然這樣講好像在懷疑你，但這女孩的年紀會不會太大啦？」

王國上次是在約十一年前派遣親善訪問團來到帝國，然而菲莉涅的外表看起來大約是十二、三歲。

如同露易絲所言，感覺年齡有點對不起來？

「夫人，菲莉涅今年才十歲，所以算起來並沒有錯。」

「咦——！這女孩今年才十歲？」

雖然我們也有點驚訝，但從村長那裡得知菲莉涅年齡的露易絲更是大吃一驚。

「哈哈，畢竟這女孩長得比露易絲還高，年齡看起來也差不多。」

艾爾笑著說菲莉涅看起來比實際年齡成熟，而露易絲看起來比實際年齡還年幼。

「再過一年，就是菲莉涅看起來比較像大人，而露易絲大概要再過三十年，外表才會符合年齡……唔噗！」

這就是所謂的禍從口出。

露易絲賞了艾爾一記強烈的肘擊，讓他閉嘴。

「既然已經確認了菲莉涅小姐的年齡，那麼證據方面……」

艾莉絲巧妙地轉換話題。

大貴族的私生子女，其實並不罕見。

雖然有很多是真的，但冒牌貨更是多到數不清，所以不能隨便相信並就這樣帶回去。

「證據是嗎？請看這個。」

村長將帶來的證據拿給我們看……

因為那些證據足以證明菲莉涅是王國貴族的私生女，我們隔天一早就急忙趕回帝都。

「咦？那女孩是威德林的新太太嗎？」

「才不是！」

彼得出來迎接完成工作的我們，但他一看見菲莉涅就開始說蠢話，害我必須嚴正否認。

「對了！現在不是理會彼得的時候！」

「咦——！這樣講會不會太過分了？」

我無視彼得的抗議，去找這次沒和我們一起參加巡迴治療的布蘭塔克先生。因為必須指導其他肩負帝國未來的年輕魔法師，外加不會使用治癒魔法，所以他選擇獨自留在帝都。

「布蘭塔克先生，我有件事想找你商量……」

我向布蘭塔克先生搭話，他正在和導師說話。

「在下明明說要幫忙治療，卻被許多人拒絕了！」

「內亂已經結束了，除非急著治療，否則都會這麼做吧。」

導師也為了替受傷的帝國軍人治療而留了下來，但他的工作量似乎比預期的還要少。

如果是不馬上治療就會有生命危險的傷也就算了，但應該沒有人會為了治好輕傷而讓導師緊緊

抱住吧。如果被一起進行治療的神官懷疑是同性戀者，那在這個世界就難過了。

「有空閒時間不是件好事嗎?喔，伯爵大人，你回來啦。咦?那女孩是誰?是伯爵大人的新太太嗎?」

沒想到布蘭塔克先生居然說了和彼得相同的話。

「不是啦。我想找你商量關於這女孩的事。」

「要我幫忙說服艾莉絲大人嗎?我才不要。你自己去啦。」

「拜託別再講這個了。其實這個女孩……」

我向布蘭塔克先生說明在巡迴治療時，被當地村長拜託照顧菲莉涅，以及她其實是布雷希洛德藩侯的女兒的事。

「這個女孩嗎?她的髮色確實和我家老爺一樣……臉也算是有點像……」

「我沒騙你啦。這是證據。」

村長交給我們的證據中，包含了菲莉涅已經去世的母親寫的日記。

我們也已經看過內容，在上次親善訪問團造訪帝國時，菲莉涅的母親似乎負責服侍布雷希洛德藩侯。

「上次的親善訪問團嗎?我也不太清楚呢。」

「因為在下和布蘭塔克大人，當時都忙著陪伴泰蕾絲!」

這麼說來，泰蕾絲也說過一樣的話。

據她所言，布蘭塔克先生和導師似乎曾帶著當時還很年幼的她暢遊帝都。

「難怪我每天出門時，他不僅沒說什麼，還開心地送我出門，我就知道一定有問題……」

看來布雷希洛德藩侯是趁囉唆的監督者不在，偷偷與菲莉涅的母親約會。

「居然這樣都沒發現。」

「唔！我無話可說……」

薇爾瑪毫不留情地說道，但布蘭塔克先生完全無法反駁。

「還有其他證據喔。」

除了日記以外，還有布雷希洛德藩侯寫給菲莉涅母親的情書、假設有了小孩就能用來證明是他孩子的信，以及刻有布雷希洛德藩侯家的家紋、外觀華麗的小刀。

「這無疑是布雷希洛德藩侯大人的筆跡。刀子和家紋也沒錯。我記得只有布雷希洛德藩侯家御用的店會做這種刀子吧？」

「布雷希洛德藩侯大人是在旅行地玩得太興奮了嗎？」

「真拿我家老爺沒辦法……」

連身為布雷希洛德藩侯家家臣之女的伊娜和露易絲，也跟著落井下石，這下布蘭塔克先生只能徹底投降。

「雖然我不想這麼說，但真是太差勁了。」

同樣是貴族，而且還是知名魔法師的卡特琳娜，露骨地指責布雷希洛德藩侯的行為。

儘管沒有說出口，但艾莉絲她們一定也是這麼想。
給人的感覺像是文藝好青年的布雷希洛德藩侯，評價瞬間一落千丈。
「情書啊……布雷希洛德藩侯就連這種時候都像個文藝青年呢……」
雖然對他不太好意思，但我們已經確認過內容，情書裡寫滿了「妳像太陽般美麗」或「這股內心的悸動，究竟該如何傳達給妳呢？」等讓人光看就覺得難為情的句子。
導師和艾爾也跟著確認那些情書，然後因為內容實在太過難為情而捧腹大笑。
無論本人再怎麼認真，看在外人眼裡都是一場喜劇，對本人來說根本就是公開處刑。
不過女性成員們的冷笑和男性成員們的大笑呈現的落差，看起來實在很詭異。
「《阿瑪迪斯・佛萊塔克・馮・布雷希洛德獻給愛人的愛之詩》啊，根本就是在白費力氣……」
日記裡貼了似乎是布雷希洛德藩侯自己撰寫、內容非常令人難為情的情詩。
看來布雷希洛德藩侯只擅長寫遊記，完全沒有寫情書和情詩的才能。
我只覺得自己看見了布雷希洛德藩侯的黑歷史。
如果我寫了這種東西並外流出去，一定會想自殺吧。
這首詩就是讓人難為情到這種程度。
「布雷希洛德藩侯大人毫無當詩人的才能呢。」
「但或許有當搞笑藝人的才能。」
「露易絲，妳這個人啊……」

伊娜開口責備露易絲，但導師和艾爾又抱著肚子笑得更大聲了。

就連艾莉絲都在拚命忍笑。

「布蘭塔克先生，請你盡快通知布雷希洛德藩侯吧。」

內亂結束後，之前的裝置也被破壞，現在移動和通訊的限制已經全部解除了。

我拜託布蘭塔克先生立刻用魔導行動通訊機通知布雷希洛德藩侯。

「我是會負責轉達啦，但在那女孩與我家老爺見面前，要由誰來照顧她？」

「現在馬上送她回去就行了吧。」

「艾爾小子，事情不像你想得那麼簡單。」

根據布蘭塔克先生的說明，雖然貴族的私生子在這個世界算很常見，但即使握有證據，也無法立刻讓親子見面。

「說得也是。得先帶著證據向布雷希洛德藩侯大人報告，讓布雷希洛德藩侯家判斷真偽吧。」

在女性成員當中，遙意外地是最冷靜的一個人。

該不會藤林家以前也發生過類似的騷動吧？

「沒這回事！」

武臣先生立刻否定。

「就算有這麼多證據也一樣啊……感覺真討厭。」

「也必須告訴妻子，並取得她的許可吧，另外還得通知主要的家臣們。」

「就是這樣。這女孩入籍布雷希洛德藩侯家後，或許會大幅改變一些人的立場。這種事不是我家老爺說了算，事先還必須進行各種交涉。而且啊……」

「在讓她與布雷希洛德藩侯見面前，必須先讓她學會最低限度的禮儀。」

禮儀啊……真不愧是艾莉絲，居然會注意到這種事。

考慮到菲莉涅的成長背景，她應該沒學過貴族千金應該具備的禮儀吧。

如果是在鮑麥斯特騎士爵家倒還沒什麼問題，但布雷希洛德藩侯家可是大貴族中的大貴族。

「要由布蘭塔克先生教她嗎？」

「不……我可沒辦法教女孩子禮儀。」

薇爾瑪一這麼問，布蘭塔克先生就全力否定。

「就算把女孩子交給我照顧也沒用……而且……」

布蘭塔克先生一靠近菲莉涅，她就躲到導師背後。

「這個大叔好可怕……」

「我好像被她討厭了。」

「布蘭塔克大人，真是遺憾呢。」

「你難得被小孩子喜歡就這個樣子……」

不過菲莉涅還真是奇怪。

居然會害怕還算受女性和小孩子歡迎的布蘭塔克先生，並反過來親近不受女性和小孩子歡迎的導師……

她現在仍躲在導師背後。

「在下也不懂女性的禮儀。」

雖然從外表看不出來，但導師出身大貴族家，從小就接受良好教育，所以從來沒在這方面被其他貴族批評過。

真的很令人意外……

「只能拜託可能有空的貴族或其家人了吧？」

「這可不行。」

「我想也是。」

布雷希洛德藩侯有私生女的情報，還是愈少人知道愈好。

導師……就算將情報洩漏給陛下也是情有可原，但還是別讓經常與我們一起行動的修爾翠伯爵他們知道比較好。

「艾莉絲大人，可以拜託妳嗎？」

「親愛的？」

「菲莉涅是女孩子，所以還是交給艾莉絲妳們照顧比較好。可以拜託妳嗎？」

「說得也是。請交給我吧。」

艾莉絲爽快地答應照顧菲莉涅。

「我一直都只有哥哥，這樣感覺就像是多了個妹妹，讓我很開心呢。」

「我和伊娜也都只有兄弟。」

「雖然露易絲看起來比菲莉涅還小……唔呃！」

艾爾再次多嘴，然後被露易絲用肘擊教訓。

「拜託各位了，我會盡快安排她與我家老爺見面！還有請務必對修爾翠伯爵他們保密……」

「是沒關係啦……」

我本來就沒興趣到處宣傳這種事，而且在導師知道的同時，其實就等於陛下已經知道了……

但這也是無可奈何吧？

「菲莉涅，帝都的雪糕店又重新開幕，所以在下買了一些回來！妳要吃嗎？」

「我剛吃過蛋糕，所以晚點再吃。」

「真是個懂事的孩子！吃完晚餐後，我們再一起吃吧！」

「謝謝導師。」

不過菲莉涅真是個怪孩子。

正常小孩一看見導師，應該就會被他嚇哭才對……

「威爾大人瞞得過去嗎？」

「這才是問題呢……」

薇爾瑪和卡特琳娜如此說道。

如果我們突然開始照顧菲莉涅，菲利浦、克里斯多夫和修爾翠伯爵他們應該會起疑心吧。

「平常就讓她穿這個吧。」

「女僕裝。」

「就當作是威德林先生請了新的女僕吧。」

幸好菲莉涅的年紀看起來比露易絲還大。

所以稱她是見習女僕……應該也說得通吧？

「至少比什麼都不做好吧。」

「不過難道不會被別人認為威德林先生又娶了新太太嗎？」

「……」

雖說是為了協助親子重逢，但居然得背負這種風險……

不過這樣的擔心，也只持續到當天晚上。

「鮑麥斯特，那女孩就是傳聞中的布雷希洛德藩侯的女兒嗎？」

「馬上就被發現啦……」

「因為我父親也有參加上次的親善訪問團。雖然沒有證據，但有這方面的傳聞。」

雖然是名譽貴族，但修爾翠伯爵家也算是歷史悠久的大貴族，所以馬上就看穿菲莉涅是布雷希洛德藩侯的私生女。

「只有布雷希洛德藩侯家的人，才會擁有那麼醒目的銀髮吧？」

「唉……之後一定會被夫人罵……」

菲莉涅是布雷希洛德藩侯私生女的事，不到半天就被拆穿，讓布蘭塔克先生懊惱不已。

「威爾大人，侍奉大人物真是辛苦。」

「是啊。」

只有這種時候，我才會慶幸自己是個貴族。

第三話　帝國內亂終結

「回去報告？可以啊。」

彼得一如往常地輕鬆答應。

帝國內亂的善後還沒結束，目前也尚未決定要給我們什麼獎賞。

既然已經能用「瞬間移動」，繼續留在這裡等待也沒意義，所以我前往王城報告目前的進度。

然而……

「艾莉絲，一定要穿成這樣嗎？」

「雖然不是一定，但您立下顯赫的戰功凱旋歸國，所以還是盛裝打扮一下比較好。」

其實在聽艾莉絲說明的時候，同時有人在幫我梳妝打扮。

「威德林先生，你得好好整理頭髮才行。」

卡特琳娜正在幫我梳頭髮。她每天早上都要整理睡亂的頭髮，所以已經習慣了吧。

「威爾大人變得好帥。」

「謝謝妳，薇爾瑪。」

「再來只剩下穿上這個。」

「是啊，這樣就大功告成了。」

我是個大貴族，所以通常會有專門的女僕替我整理儀容。

但我最近一年都被捲入內亂，這方面也就跟著草率了事。

如果是在內亂中倒還沒什麼關係，但既然內亂已經結束，就不能再敷衍下去，因此我讓艾莉絲她們替我打扮。

「如果不好好打扮，可是會被王城那些貴族瞧不起喔。」

「是啊。畢竟威爾也只剩下儀容能讓人批評。」

隨著我逐漸在王國貴族中嶄露頭角，應該有不少人想不擇手段地抨擊我吧。

真是麻煩。我明明一點都不想出人頭地。

「親愛的，這樣就大功告成了。」

最後艾莉絲將師傅以前用過的頭環，套在我的頭上。

「……真的是佛要金裝，人要衣裝呢。」

「我就知道你會這麼說。」

可惡的艾爾……這種事不用他說，我自己也很清楚！

……話說回來，沒想到這個世界也有相同的諺語。

「對了，那個頭環也是魔法道具吧？為什麼你平常都沒戴啊？這樣和你的師傅戰鬥時，應該也會變得比較有利一點吧？」

「不，應該沒什麼差別吧。」

同樣在為了謁見陛下整理儀容的布蘭塔克先生，代替我回答艾爾的問題。

「艾爾小子，你覺得這個頭環有什麼效果？」

「強化魔法的威力，或是增加能使用的魔法種類之類的吧？」

「才沒有那麼簡單易懂的效果。雖然上面裝了繪有魔法陣、能夠增強集中力的寶石，但效果其實就和護身符差不多。不管有沒有都不會對艾弗造成影響。我們平常不是會把多餘的魔力儲存在魔晶石裡嗎？這也是相同的道具。」

我、導師和布蘭塔克先生平常都會將存有魔力的備用魔晶石放在魔法袋裡，以備不時之需。師傅則是會視需要從頭環上的魔晶石裡，抽出魔力來使用。

這只是風格的差異。

「和我的髮箍，或是艾莉絲小姐的戒指一樣。」

「就是這樣。」

「咦？那為什麼威爾的師傅透過『英靈召喚』現身時，沒有戴著頭環啊？戴著頭環戰鬥不是比較有利嗎？」

艾爾說的沒錯。畢竟頭環能增加備用的魔力，讓戰鬥變得更加有利。

「雖然只是我的推測，但應該是因為艾弗將所有財產都轉讓給伯爵大人後，就不再認為頭環是自己的東西，所以頭環才沒被一起召喚出來。塔蘭托不可能有辦法連艾弗的服裝和裝備都鉅細靡遺地重現，畢竟他並不握有這方面的資訊，那些配件應該是依靠死者的記憶重現。再不然就是因為塔蘭托擁有能利用魔導飛行船的巨大魔晶石補充魔力的裝置，所以覺得沒有必要吧。」

雖然布蘭塔克先生分析得有條有理，但真正的答案只有師傅知道，所以這些都純粹只是猜測。

我最後也沒時間向師傅確認。

不過塔蘭托的「英靈召喚」真是個不可思議的魔法。畢竟他不僅能將死者以生前的狀態召喚出來，還能連死者愛用的武器、衣服和裝飾品都一併重現。

「靈體本身就像是一團魔力，所以您的師傅身上穿的長袍，就類似由魔力構成的魔法道具，不過即使依靠『英靈召喚』重現，那些終究是給死者使用的物品，無法讓像我們這樣的活人使用。」

艾莉絲詳細的說明，讓我覺得魔法真的是種不可思議的存在。

「要是能用魔力製作喜歡的魔法道具，應該會很方便吧。」

「薇爾瑪姑娘，至少我從未聽過或看過有人能使用那樣的魔法。」

雖然要是有那種魔法或許會很方便，但難度也太高了。

既然連我們當中對魔法最了解的布蘭塔克先生都不知道，那種魔法目前應該不存在吧。

「親愛的，還有一種可能性，就是您的師傅抵抗了『英靈召喚』。他想在沒戴頭環的狀態下戰鬥，然後輸給您。」

「也是有這個可能。如果是艾弗，就算臨時想到這招也不奇怪。」

或許艾莉絲的答案最接近真相也不一定。就像布蘭塔克先生說的那樣，師傅應該能輕鬆做到這種事。

「說不定這就是真相呢。」

「先不管真相為何，這樣反而讓我更想問了，為什麼威爾平常不戴頭環？只要事先戴在頭上，就能讓戰鬥變得更有利了吧？」

艾爾這傢伙今天感覺比平常聰明呢。

雖然我也是直到被他這麼說後，才注意到這件事。

「因為靠備用的魔晶石就夠了。」

「光是多了一個將手伸進魔法袋的動作，就會讓戰況變得比較不利吧。」

「……」

不愧是劍士，這句話真是一針見血。

多餘的動作，確實會讓情況變得不利。

「哎呀，戴著這個戰鬥……不會覺得有點奇怪嗎？」

話說男性平常也能戴頭環嗎？

前世的時候，我周圍都沒有男性會戴頭環。我不習慣配戴飾品，也討厭被周圍的人說戴起來不好看。

唉，雖然現在應該也沒人敢當著我的面嫌棄我的打扮。

不過被人私下說閒話，感覺也很差。

「……大概就是因為這個緣故吧。」

「才沒有人會在意那種小事情！為了安全起見，你還是給我戴上頭環吧！」

我坦白回答，換回艾爾嚴厲的斥責。

「威爾，原來你會在意那種事啊？」

「怎麼可能不在意！我又不像師傅是個帥哥。」

帥哥穿什麼都好看。

所以師傅戴起頭環也是有模有樣……

我的情況，則是會讓人覺得頭環才是主角。

「頭環才是主角，這是什麼故事啊……」

印象中，我前世好像看過類似的科幻小說。

「既然伊娜都這麼說了，就讓妳看看這個吧！」

我快速替布蘭塔克先生戴上頭環。

「怎麼樣？」

看起來就像個暴發戶大叔對吧。何況大叔和頭環一點都不搭。

「……不太適合呢……」

「雖然我也有自覺，但可以說得更委婉一點吧。」

伊娜坦率地說不適合，惹來布蘭塔克先生的抱怨。

「對吧？下一個！」

我替為了和我們一起前往王宮，在辦完事後與我們會合的導師戴上頭環。

果然一點都不適合。

大家的表情也這麼說。

導師和裝飾品非常不搭，但他或許適合戴厚重的金手鐲，以及鑲有大顆寶石的戒指。

那樣看起來就像是黑道大哥。

「艾弗烈的遺物嗎？這應該要讓鮑麥斯特伯爵戴！來，一起去謁見陛下吧。」

導師一點都不在意頭環戴起來好不好看，隨手就將頭環放回我頭上。

然後他催促我快點用「瞬間移動」前往王城。

「我知道了。」

我就這樣戴上了師傅的頭環，但在習慣之前，還是覺得不太自然……

前日本人真的很不擅長應付這種情況。

「這報告書還真厚。」

「嗯。畢竟是將近一年份……」

我們用「瞬間移動」飛到王城，一抵達就將和克里斯多夫與修爾翠伯爵一起完成的報告書呈給陛下。

雖然我也有幫忙，但還是不太習慣，畢竟我上次準備這麼多報告，已經是寫大學畢業論文的時候了，最後主要仍是由克里斯多夫和修爾翠伯爵完成。

當然我還是有幫到忙，修爾翠伯爵甚至還誇獎我：「您比我預期的還要能幹呢，或許能考慮當文官喔？」

然後在親善訪問團中算是大人物的導師，不意外地完全沒有幫忙。

不如說叫那個人幫忙寫報告，才算是魯莽的行為吧。

明明艾莉絲也有幫忙……看來即使有血緣關係，擅長的事情還是不同。

「與帝國的和平條約，看來是非締結不可了……」

雖然帝國這次的內亂也有為王國帶來損害，但也不能因此發動懲罰性的戰爭。

儘管部分軍人和貴族反對，但綜合判斷後，還是透過談和要求對方賠償損害與謝罪，才能獲得最大的利益。

「古代魔法文明時代的古代兵器啊……真是棘手。」

「是的，而且令人驚訝的是，那些兵器在內亂中大量出現。」

目前王國正透過推動開發增強國力，帝國則是因為內亂陷入疲弊。

所以應該有很多人認為如果開戰，將會是國力相對強盛的王國比較有利。

不過若王國攻打帝國，帝國軍應該會利用發掘出來的大量兵器進行防衛戰。

即使在魔法師人數與空軍戰力方面占據優勢，應該也沒那麼容易取勝吧。

「雖然陷入疲弊的帝國還要花上一段時間才能恢復國力，但帝國中央政府的力量也比以前還要強了。再加上許多指揮官與士兵都透過內亂累積了戰鬥經驗。現在開戰雖然不算魯莽，但也並不妥當。」

我們現在應該趁帝國的經濟恢復前，繼續增強國力和研究從帝國那裡取得的古代魔法文明時代的兵器，嘗試量產並化為自己的戰力。

「從長遠的眼光來看，中央政府的力量變強，對帝國來說是個優勢，不過暫時還是無法避免混亂吧。」

被解散的紐倫貝爾格公爵家的餘黨，以及地位或領土被剝奪的貴族們，很可能會聯手發動小規模的內亂，所以陛下認為他們短期之內，應該不會想與王國開戰。

「等帝國幾十年後重新穩固下來時，他們與王國之間的國力差距又會變得更大。站在王國的立場，到時候選項多一點會比較有利。」

王國並不害怕行使武力。

不過採取的並非極端的和平主義，即使要讓帝國屈服，王國也傾向從長遠的眼光來擬定戰略。

只要擴大國力差距，或許就能輕鬆讓帝國屈服。

「這段期間，我們也會擬定各種對策。話說鮑麥斯特伯爵，關於帝國的新兵器……」

「在這裡。」

雖然是被捲入，但我在帝國也做了不少事。

由於結果算是對帝國有利，因此必須在這種地方取得平衡。

別只顧著和〇〇部長打好關係，也要好好和〇〇課長溝通。

曾是普通上班族的我，非常清楚在組織裡要怎麼做才不會被排擠。

「遺憾的是由王國掌控的軍隊不多，所以獲得的戰利品比帝國軍少。」

雖然王國軍只有約五千人，但由於不需要勉強和紐倫貝爾格公爵軍戰鬥，菲利浦和克里斯多夫都專心在地下遺跡內回收戰利品。

不過人數差距實在太大，最後獲得的戰利品還是比帝國軍少。

「這也是無可奈何。畢竟有逞匹夫之勇出兵，害軍隊潰敗的傻瓜在。相較之下，鮑麥斯特伯爵你們沒有任何敗績，實在沒理由責備你們。」

陛下瞪向聚集在謁見大廳角落竊竊私語的貴族們。

看來他們是雷格侯爵底下的人。

再來就是主張對帝國出兵的人，以及非常想向我追究責任的傢伙，大概是這種感覺吧？

與其在那裡偷說我的壞話，為何不乾脆直接來找我理論呢，但他們不敢在陛下面前放肆吧。

「關於龍魔像的吐息發射裝置，鮑麥斯特伯爵之前就已經提供了完整的龍魔像。在魔法道具公會的研究下，現在已經能夠量產並拿來防衛據點。再來是魔砲……」

古代魔法文明時代也有魔砲，而且性能還遠勝於瑞穗伯國的魔砲。

紐倫貝爾格公爵操縱的巨大魔像背後也裝了一樣的魔砲，那座魔砲後來被卡特琳娜用魔法擊落，幾乎沒有損壞，此外我們還回收了幾十座備用的魔砲。

然而不知為何沒有魔槍，那大概是瑞穗伯國獨自開發的武器吧。

聽說以前有許多魔法師，所以或許能夠靠人數填補近距離戰欠缺的火力。

「這次魔刀、魔槍、魔砲、自爆型魔像以及許多新兵器都被實際運用在戰鬥中，改變了戰爭的方法。既然現在還無法對應這些武器，和帝國開戰也沒意義。我可不想因為被對手逆轉局勢慘敗，而被稱作無能的國王。」

「不過帝國目前也只是會使用而已。」

在修理方面，也只能對應輕微的故障。

他們當然也不知道如何製造，畢竟理解構造並且能夠進行複雜修理的魔族，已經落入我們的手中。

瑞穗伯國將來或許能夠製造出同等程度的東西，但他們並沒有真的把自己當成帝國的貴族。

「擁有從古代流傳下來的高度技術，以及獨特文化的民族和領地啊……」

「是的。他們之所以成為帝國的自治領地，主要應該是為了安全方面的考量。帝國宰相似乎想讓他們的領導人成為選帝侯，好巧妙地併吞他們，但即使如此，他們還是會與帝國保持微妙的距離吧。」

「原來如此。所以只要王國與瑞穗伯國締結友好關係，就能獲得不少好處吧。」

「是的。他們並不打算擴張領地，這點也有助於締結友好關係。」

在帝國想利用這次內亂取得的古代兵器亂來，或是將來王國的國力增強，有餘裕攻打帝國時。瑞穗伯國可能會成為對王國來說非常有價值的同盟對象。

「鮑麥斯特伯爵，這表示他們是值得我們促進交易、進行文化交流，或甚至透過聯姻來強化友好關係的國家嗎？」

「是的。」

「這部分就交給王國處理吧，朕會派人與帝國交涉。」

接著我們向陛下報告極限鋼與魔族的事情。

不過在那之前，我們有先請無關的人迴避，只留下一部分的閣僚和口風很緊的瓦倫先生，以及少數的近衛騎士團。

儘管被迫離開房間的貴族們提出抗議，但陛下在聽完我的報告後，也露出能夠理解的表情。

「真是個不得了的消息。唉，既然只有鮑麥斯特伯爵能做出那種叫極限鋼的金屬，那就能夠控制流通量了。希望你之後能報告要留多少在鮑麥斯特伯爵領地內使用，並將剩下的極限鋼都賣給王國政府。王國政府會發出公告，禁止國民將這種金屬賣給其他國家或貴族。目前的加工技術還不夠成熟，所以暫時應該只會用來研究或試作，不過……」

「也可能用來製造武器吧。」

關於魔槍與魔砲，王國的魔法道具公會甚至連開發都還沒開始，如果使用耐久性非常優良的極限鋼當素材，或許就能提早踏入實用階段。

「至於魔族……」

我們逮捕並收容了一名叫厄尼斯特的魔族。原本以為在帝國發生的騷動只是單純的內亂，但背後或許和魔國有關。

將近一萬年沒在人類面前現身的魔族，擁有和傳說中一樣龐大的魔力與壓倒性的技術力。

這個新的假想敵國的存在，讓艾德格軍務卿與阿姆斯壯伯爵露出凝重的表情。

因為這表示至今針對帝國，以及為了預防國內大貴族叛亂所研擬的防衛和侵略計畫，都必須重新擬定了。

再加上還要開發新兵器和研究運用那些兵器的新戰術，使得部隊的編制、訓練和補給計畫也必須跟著重新修改。

身為軍務卿與軍方的大人物，他們無法迴避這些責任。

「原來如此，看來有必要收集和魔國有關的情報……」

「是的，雖然我們已經取得一些情報……」

我們已經大致跟厄尼斯特打聽過魔國的位置、人口、社會體系和文化，並記載在報告書裡。

「明明是自己國家的重要情報，那個魔族真是個怪人。」

陛下似乎無法信任輕易就洩漏同伴情報的厄尼斯特。

他可能在懷疑這些是假情報吧。

「這是因為他只是平民。」

「平民？」

「他是個考古學者，並沒有在替國家或軍隊做事。」

我向陛下說明厄尼斯特對琳蓋亞大陸的地下遺跡有興趣，所以即使魔國禁止國民出國，他還是偷渡到了紐倫貝爾格公爵領地，並為了能在那裡自由地進行發掘作業，而協助紐倫貝爾格公爵修復和運用那些發掘出來的兵器的事情。

「所以他是個腦中只有研究的人？」

「是的。他只對自己喜歡的研究有興趣，所以才會將發掘出來的大量兵器交給紐倫貝爾格公爵。而且他還若無其事地說他無法控制紐倫貝爾格公爵要如何使用那些兵器。」

應該所有人都會懷疑厄尼斯特是魔國為了讓大陸陷入混亂而派出的間諜或特務吧。但實際上，自從他來到這塊大陸後，完全沒有和同夥聯絡的跡象。

他喜歡研究，沒有任何家人，所以這幾年似乎都埋首於發掘和研究。

「這反而讓人覺得危險。畢竟無法預測這種人會做出什麼事。」

「陛下，要將他交給王國囚禁嗎？」

我覺得這樣處理也好。

畢竟他是個麻煩的傢伙，如果王國願意幫忙收押他，那當然是最好。

「嗯——鮑麥斯特伯爵有辦法阻止那個魔族嗎？」

「我一個人會有點困難。」

畢竟對方的魔力比我還多。

我、導師、卡特琳娜和布蘭塔克先生，至少要有四個上級魔力保持者隨時在一旁監視，才能避免他逃跑。

「真是沒效率。瓦倫，可以利用專門關魔法師的牢房嗎？」

「沒辦法。耗費大量建築預算打造的『魔力牢』，不僅使用時要支出龐大的維持費用，最多也只能關住中級魔法師……」

雖然有透過持續展開堅固的「魔法障壁」來防止魔法師使用魔法逃脫的牢房，但光是要讓那個牢房運作，一天就要支出一百萬分以上的經費。

因此無法輕易囚禁「壞魔法師」。

「如果犯的是輕罪，可以派上位魔法師去教訓他們並收取罰金；如果犯的是重罪，那直接暗殺比較省錢。雖然上級或中級的魔法師很少會犯下重罪，但其實王國也曾經祕密委託布蘭塔克、克林姆和鮑麥斯特伯爵的師傅艾弗烈，幫忙收拾掉幾名那樣的魔法師。」

原來如此，難怪布蘭塔克先生和導師在內亂中取人性命時，一點都沒動搖。

「如果要收押或軟禁在王國內，就必須派大量魔法師全天監視啊……那個魔族有提出什麼要求嗎？」

「因為鮑麥斯特伯爵領地原本是未開發地，所以還隱藏了許多未被發現的地下遺跡。他似乎想探索和調查那些遺跡。」

「真是個悠哉的魔族。即使勉強把他關起來，也可能會被他逃跑，那不如派人監視他，並在他試圖逃跑時直接殺掉還比較省事……那個魔族也有害王國蒙受損害，就讓他發掘地下遺跡作為賠償吧。」

「目前也只想得出這個方法。」

雖然危險，但還是要留他一條命，好好利用他。

不過我本來就不覺得厄尼斯特有多危險。

他對同胞與國家沒什麼感情，思鄉之情也很淡薄，只要能做自己喜歡的研究就滿足了。

「只能以未知的地下遺跡為誘餌，將他綁在鮑麥斯特伯爵領地了，這樣王國也能藉此得利。之後再私下派監視人員過去吧。」

陛下迴避了看管厄尼斯特的風險。

大概是判斷與其勉強收押讓他逃掉，不如交給我們管理吧。

換句話說，就是把麻煩全推給我們。

「帝國也不是笨蛋，他們應該很快就會發現魔族的存在。所以或許讓他待在鮑麥斯特伯爵身邊會比較好……」

這個魔族是僅次於紐倫貝爾格公爵的戰犯，但抓到他的畢竟還是我們。

陛下向我們說明，按照王族與貴族的規定，我本來就可以自己決定要如何處置抓到的俘虜，其他人沒有權利干涉。

「雖然鮑麥斯特伯爵在這次的內亂中大為活躍，但同時也面臨了不少麻煩。或許就像布蘭塔克說的那樣，你的命真的很硬呢。」

居然連陛下都這麼說，讓我感到有點沮喪。

不過類似的情況真的太多了。

「帝國暫時沒有餘力對外出兵，我國也能趁機增強國力和配備新兵器。雖然打了一次敗仗，但犧牲還是遠比帝國少。鮑麥斯特伯爵提出的意見非常合理。之後還得花一段時間分析鮑麥斯特伯爵等人提交的報告書，並決定今後的方針。王國會透過其他管道派遣外交交涉團，請鮑麥斯特伯爵和修爾翠伯爵繼續在帝國收集情報。」

「遵命。」

畢竟事關政治，即使我們回來提出報告，也無法輕易進入談和交涉的階段。

雖然陛下命令我留在帝國，但我還有其他必須處理的事情。

「因為離開了很久，所以我希望能回自己的領地看看……」

「既然現在又能使用移動魔法了，你可以自由地回去沒關係。鮑麥斯特伯爵領地在這一年裡似乎改變了很多呢。」

做完報告和接受密令後，我獲得陛下的許可，用魔法帶著艾莉絲他們飛回鮑麥斯特伯爵領地。

然後我發現以領主館為中心發展的城鎮，已經變得比一年前還要大上好幾倍，非常熱鬧。

「親愛的，好壯觀喔。」

「感覺好像變成浦島太郎了。」

「浦島太郎？那是哪位？」

「是以前書裡的人物。」

「聽起來好像是瑞穗人的名字。」

「沒錯，就是瑞穗故事裡的人物。」

總不能說是出自以前的日本童話，因此我用瑞穗人的名字蒙混過去。

我欣賞著在這一年裡徹底變了樣的鮑爾柏格街景，前往領主館，接著看起來和一年前差不多的羅德里希就以驚人的氣勢從正門衝出來。

事出突然，兩名駐守在正門的警備兵來不及反應，被嚇得目瞪口呆。

「主公大人——！這一年多來都沒機會拜見您的尊容，鄙人好擔心您啊——！」

「又來啦——！要被折斷了——！」

感動不已的羅德里希再次毫不留情地對我使出擒抱。

他還是一樣不懂得控制力道……

「喝啊！」

但畢竟是第二次了，所以我靠自己的力量掙脫。

「出現了，是羅德里希先生的得意招式。」

「艾爾先生，那位大人就是統率家臣的家宰嗎？」

「嗯，只是他偶爾會因為感情失控而變成那樣。」

「真是個誇張的人……」

儘管是因為太感動，但這個家臣還是對主君使出了擒抱。

這樣確實是滿誇張的。

「雖然他是個非常能幹的人……」

「不好意思，我完全看不出來……」

「我想也是……」

艾爾和遙冷靜地談論羅德里希，這時候又有一個熟悉的人物現身了。

「埃里希哥哥！」

「好久不見了，威爾。聽說你在帝國的內亂中非常活躍。」

雖然一年多沒見，但埃里希哥哥還是一樣帥氣。

「辛苦的事也很多呢。不過埃里希哥哥為什麼會在鮑麥斯特伯爵領地？」

「我是來幫忙的。」

在王國援助南方的鮑麥斯特伯爵領地進行開發時，領主卻因為被捲入帝國內亂而失蹤了一段時間。

因為有許多貴族想趁機搞鬼，所以陛下就命令埃里希哥哥過來幫忙。

他似乎已經到鮑麥斯特伯爵領地出差了一年多，輔佐羅德里希開發領地。

「一開始確實是很忙。不過在收到威爾還活著並於內亂中大為活躍的報告後，那些想趁機搞鬼的傢伙就安分下來了。大概是怕如果亂來被發現，會在威爾回來後被報復吧。」

王國近年來頂多只發生過紛爭，所以大家都很害怕我們這些曾在真正的戰爭中討伐了大量敵兵的人。

比起艾德格軍務卿和阿姆斯壯伯爵，那些想趁機染指他人財富的傢伙似乎更害怕我。

「即使如此，鄙人還是非常擔心啊！」

「不好意思，把事情都丟給你處理。」

「不，只要主公大人平安回來，一切都值得……」

我告訴羅德里希因為還要在帝國處理一些事情，所以得把領地再託付給他一段時間，不過現在已經能夠使用魔導行動通訊機，隨時都能和羅德里希聯絡。

羅德里希現在可以直接跟我報告領地的事，再加上還有埃里希哥哥在，應該是不用擔心。

「不好意思，可以再把領地託付給你們一段時間嗎？」

「我沒問題喔。畢竟是陛下正式指派的工作。」

「主公大人還有和帝國有關的工作要處理。鄙人也會衷心期待夫人們的歸來。」

將鮑麥斯特伯爵領地託付給兩人後，我們再次返回帝國。

「唉，威德林真是會給人添麻煩。」

「是嗎？」

「我只是想稍微抱怨一下而已。畢竟批評威德林的人意外地多呢。」

在王國辦完事情回到帝國後，忙碌的彼得就把我叫了過去。

起因是我在勸反叛軍投降時，沒有直接砍下紐倫貝爾格公爵的首級亮給他們看，而這在之後造成了問題。

「我覺得應該還有其他更重要的問題吧……」

畢竟還有極限鋼的事要處理，而且我本來就覺得不需要特地砍下紐倫貝爾格公爵的首級，但最後打倒他的人是我們這點，也是個問題。

我們這些外國人立下了最大的功勞，那些批評我的人有一部分也是因為嫉妒和想拉我下臺吧。

至於厄尼斯特的事，目前似乎還沒曝光。

不過應該也瞞不久吧。

「因為威德林鄭重地對待紐倫貝爾格公爵的遺體，所以大部分的反叛軍都坦率地投降了。如果隨便暴露他的首級，或許會引來他們的反抗，但也有許多貴族認為你們的作法太溫和了。皇帝這個位子真是有夠麻煩。」

對反叛軍來說，紐倫貝爾格公爵是個好主人，所以他們才會立刻向鄭重對待其遺體的帝國軍投降。

那些批評我們的人，應該也明白這點。

然而對那些人來說，還是讓紐倫貝爾格公爵的家臣們反抗比較有利。

只要討伐那些家臣就能立下戰功，而投降的反叛軍在被帝國軍吸收後，也可能會讓職缺變少。

現在的帝國軍維持得非常勉強。

舊紐倫貝爾格公爵家諸侯軍裡有許多優秀的人才，如果想重建帝國軍，就絕對少不了他們。

「是你自己想要當皇帝的吧？」

「是啊。這次找你來，是想跟你談關於報酬的事。」

帝國目前的財政狀況似乎沒想像中那麼糟糕。

「因為我們沒收了積極協助紐倫貝爾格公爵和反叛軍的貴族們的領地和財產。從帝都被帶走的財產和物資，大部分也都順利回收了。」

此外彼得強制讓泰蕾絲退位時，還一併沒收了跟隨前皇后的那些無能貴族們的財產和領地。

基於以上的理由，他成功確保了用來支付給我的報酬。

「不過要用二十年分期付款。」

為了進行戰後復興和推行新的經濟政策，必須另外確保預算。

「我就知道會是這樣。」

「雖然也不是不能一次結清，但這麼一來，帝國政府就什麼都沒辦法做了。不好意思啊。」

「只要最後能確實付款就好。」

「我會付啦。如果不付錢，感覺威德林會率領王國軍打過來。」

「我才沒那麼野蠻。」

至少會在出兵前先催帳。

「很多時候就算上面的人這麼想，底下的家臣們也不會允許。這對王國來說，也是個出兵的好理由。還有我答應你會好好和王國談和。」

「你真是老實。」

「國家或貴族之間的交涉，表面上必須要表現得誠實。雖然私底下還是會各懷鬼胎，但目前還是必須和赫爾穆特王國談和，擴大交易規模，以及進行戰後復興。好不容易確保了預算，帝國中央的權力也因為直轄地增加而變強。紐倫貝爾格公爵的政策，意外地透過他自己的敗北實現了。」

我和彼得都覺得這樣的發展實在是非常諷刺。

「我從泰蕾絲大人那裡聽說了紐倫貝爾格公爵的遺言。沒想到那個宛如貴族模範的紐倫貝爾格公爵，其實並不想當貴族。太過有才能也是個問題呢，裝得實在太像了。」

「不過也可以說就是因為他太過逞強，才會引發沒有勝算的內亂。」

「當事人自己也沒意識到的毀滅願望啊……人類真是複雜。話說回來……」

或許是覺得繼續討論紐倫貝爾格公爵也沒意義，彼得換了另一個話題。

「可以把泰蕾絲大人託付給你們嗎？」

「就算你這麼說，我們也只是批准了她的移民申請。不過這樣好嗎？」

「站在我的立場，這可是求之不得的事情。」

這也是理所當然。

對現在的彼得來說，泰蕾絲可說是最大的政治對手。

在被他拉下臺前，泰蕾絲都以解放軍領導人的身分和紐倫貝爾格公爵戰鬥，在那段期間也沒犯下什麼失誤。

解放帝都原本也是泰蕾絲的功勞。

「她本人對皇帝的寶座毫無眷戀，不過或許會有人想拱她上臺。不巧的是她又還未婚。」

如果有大貴族讓自己的兒子與她結婚，就會形成派閥。

一旦情況變成那樣，身為執政者的彼得可能就要被迫做出殘酷的決斷。

「就我個人來說，實在不想對像泰蕾絲大人那樣年輕的女性做出那種決斷。」

「只要彼得娶她當老婆不就解決了嗎？」

其實這才是最快的解決方法。

由於雙方都是貴族或皇族，因此根本不用在意兩人之間有沒有愛情。

「然後過著夫妻在政治方面互不相讓的日子嗎？我身邊只要有艾梅拉就夠了。」

「殿下，我並不是您的所有物。」

「又來了。艾梅拉真容易害羞。」

「我只是陳述事實。」

艾梅拉表現得還是一樣冷漠，但她總是待在彼得身邊，所以應該不討厭他吧。她果然是個傲嬌。

只是絕對不會在我們面前表現出嬌羞的一面吧。

「啊，對了。其他還有幾件事情要說。」

彼得接著說明，首先是關於我在帝國領土內移動的事情。

「威德林也是帝國的榮譽伯爵，所以沒理由限制你移動。如果只有你本人、家人和護衛倒還沒什麼關係，但帶著軍隊移動就不太好了。」

這個榮譽伯爵的爵位，表面上是作為給我的獎賞。

不過實際上是因為我這個外國人貴族立下了大功，所以彼得才會把我拉進帝國，讓其他人不要太敵視我。

這種爵位只限一代，而且還能領年金，所以我看起來好像沒什麼損失，但我畢竟是王國貴族，之後可能會因此被懷疑與帝國勾結，可以說是有利有弊。

不過我又不能拒收獎賞，就這樣多了新的限制。

好處是變得能在帝國領土內自由移動。

「用『瞬間移動』沒辦法帶軍隊啦。」

「那就好。至於交易部分，除了部分違禁品以外，你都可以自由購入，不過在直轄地要遵守帝國法，在貴族領地要遵守該貴族家制訂的規定。有些貴族領地還會另外課關稅。」

兩個國家都一樣將貴族領地視為一種自治領地，所以要不要課關稅是由領主決定。

通常想要增加收入的領主會課關稅，而重視提升流通量的領主不會，每個貴族的作法都不同。

「這部分跟王國一樣呢。」

「再來就是希望你能幫忙將談和案的草案提交給赫爾穆特三十七世陛下。我正在請專家研擬，之後將以此為基礎進行調整。」

「我知道了。」

「戰後處理的工作多到讓人頭暈。而且還必須盡快舉辦皇帝選舉。」

「要舉辦選舉嗎？」

「因為沒有其他候選人，所以只是單純的信任投票。」

這次內亂只有兩個選帝侯家倖存，雖然之後會多加一個瑞穗伯國，但他們已經宣布永遠不會參加皇帝選舉。

結果候選人只有彼得一個人，所以這場選舉將會是單純的信任投票。

「這場選舉只是走一個形式。」

「畢竟這世界上有很多人看重形式。」

「沒錯。威德林今天接下來打算做什麼？」

「我要去泰蕾絲家，和她商量移民的事。」

「嗯，這種事還是早點處理比較好。」

與彼得告別後，我立刻前往泰蕾絲的家。

「本宮正在享受平穩的悠閒時光。移民的事情，早就連行李都打包好了。」

我一到泰蕾絲家，就發現她把椅子搬到庭院，悠閒地在那裡喝茶。

「妳已經整理好行李了？動作真快。」

「又不是趁夜潛逃，不需要帶多少行李。帶有菲利浦公爵家徽章的物品，本宮全都還給阿爾馮斯了。如果還需要什麼東西，到當地再買就行了。這樣威德林的領地也能賺到錢吧。」

為了向周圍的人表明自己已經不是菲利浦公爵家的人，泰蕾絲似乎將所有帶有菲利浦公爵家徽章的物品都處分掉了。

「那個菲利浦公爵家祕傳的魔法道具呢？」

我曾聽泰蕾絲說過，除了那個魔法道具以外，只有當家能持有的魔法袋裡還裝了各種物品。

那個應該無論如何都要還給阿爾馮斯吧。

「我當然還給他了。另外我還告訴彼得大人『菲利浦公爵家祕傳的魔法道具，在討伐紐倫貝爾格公爵時發揮了極大的功效』。」

雖然泰蕾絲擅自拿去使用，但那些魔法道具原本就是菲利浦公爵家的東西，所以提供那些魔法道具的菲利浦公爵家也算立下了大功。

泰蕾絲藉此巧妙地將討伐紐倫貝爾格公爵的功勞讓給了菲利浦公爵家。再多的功勞，對現在的泰蕾絲來說都只是阻礙，所以她才將功勞讓給新當家阿爾馮斯。

「拜此之賜，本宮的行李非常少。」

只有一個行李箱和一個包包。

另外似乎還有一個年輕女僕會陪她一起離開。

「其實本宮本來是打算一個人過去。不過現在服侍本宮的女僕也沒有其他家人，所以不介意搬到國外。既然她也不確定之後能不能找到其他工作，不如就由本宮來照顧她。到了那邊後，還得替她找個對象呢。」

泰蕾絲看著在一旁待命的女僕，如此回答。

「真像是貴族會有的想法。」

「以前培養的習慣沒那麼容易改掉。話說你能陪我去購物嗎？畢竟也不能什麼都不準備。」

「我很樂意奉陪。」

我陪泰蕾絲一起出門購物。

「怎麼樣。好看嗎？」

「很適合妳呢。」

泰蕾絲換上一般年輕女性常穿的服裝，我也配合她換了衣服。

看在旁人眼裡，就像是一對年輕的平民情侶在約會。

「已經恢復熱鬧了呢。」

內亂終結的消息，已經傳遍了帝都。

雖然後續的善後還沒結束，但帝都現在已經不是戰場，許多人都開心地在這裡買東西。

「這幅景象，讓本宮覺得自己的努力也算是有價值了。」

「畢竟妳在前半戰立下了許多功勞。」

「不過後半就被彼得大人超前了。」

「這部分我也只能說抱歉了。」

「本宮並沒有放在心上。掌權者本來就沒什麼正義可言，一切都是輸家不好。而且本宮現在還活著。」

泰蕾絲挽著我的手臂，說出自己的想法。

「馬克斯直到最後，都將自己真正的想法埋藏在心底。本宮辦不到那種事。本宮無法徹底隱藏自己不想成為最高權力者的感情。」

泰蕾絲認為就是這點讓她產生了破綻，並造成了她的敗北。

而且她也不討厭目前的狀況。

不如說現在這樣還比較輕鬆。

「被迫接下當家之位的阿爾馮斯，現在應該很辛苦吧。那個男人雖然能幹，但總是缺乏幹勁，不過現在他也不能將這點表現出來了。」

或許就是因為這樣，我最近很少遇見阿爾馮斯。

掌權者就是如此辛苦。

「就這方面來說，威德林會魔法真的是很方便呢。」

無論有沒有幹勁，只要將統治的工作交給底下的家臣處理就行了。

即使如此，被奪取實權的可能性還是不高。

泰蕾絲非常羨慕我的境遇。

「因為我是個沒分量的當家啊。」

「不過也不是真的完全沒分量。真是令人羨慕。」

之後我們停止討論這個話題，前往商業區購物。

「怎麼樣，好看嗎？」

「顏色再明亮一點會比較好吧？」

「既然你這麼說，應該就是這樣吧？」

泰蕾絲試穿衣服時，我坦率地說出自己的感想。

「挑這個顏色好了。」

「嗯，像這種明亮的顏色，應該比較適合妳吧。」

除此之外，她也買了一些裝飾品。

雖然衣服也是如此，但她買的都不是符合菲利浦公爵身分的高級品，而是介於平民和下級貴族

之間的層級。

「本宮已經不需要再引人注目了。這樣的東西穿起來比較輕鬆，能買的種類也比較多呢。」

話雖如此，泰蕾絲果然還是前大貴族。

她天生就散發高貴的氣質，又是個身材姣好的美女。

和內在仍是個平民的我完全不同，她不管穿什麼都好看，真令人羨慕。

「艾莉絲她們假日時也會穿各種衣服，所以本宮試著和她們對抗了一下。」

「妳們穿起來都一樣好看。」

「喔，真是溫柔的評價呢。你以前明明都會說妻子們比較漂亮，對本宮非常冷淡。」

「呃，那是因為……」

現在泰蕾絲只是個沒什麼實權，空有名目的貴族，而且也沒有對我提出亂來的要求。

感覺就像是在和年長的大姊姊說話，能夠放心地來往。

「不嫌本宮麻煩嗎？」

「菲利浦公爵是很麻煩，但泰蕾絲一點都不麻煩。而且我對美女很溫柔的。」

「哼，明明年紀比我小，卻表現得這麼囂張。原來如此，你不覺得本宮麻煩啊。那為了獎勵你稱讚我，就請你吃個蛋糕吧。」

「既然我年紀比較小，就坦率地讓大姊姊請吧。」

「不用客氣，儘管吃吧。」

買完東西後，我們前往一間同樣位於商業區的咖啡廳。
「聽說這裡新推出的蛋糕非常好吃。」
「那真是令人期待。」
我點的是咖啡，泰蕾絲點的是瑪黛茶，然後我們還另外點了兩份新推出的蛋糕。
實際吃過後，我發現那個蛋糕真的非常美味。
「這個加在生乳酪蛋糕上的蘋果醬真是絕妙。」
「因為蘋果是北方的特產品啊。」
蘋果在這個世界，也是寒冷地區的特產品。
這也是我一定要進口的東西。
「不過妳真的毫無眷戀嗎？」
「嗯？皇帝的寶座嗎？」
「那個也包含在內。」
我奪取了她的可能性，所以說不定她其實非常恨我。
「阿卡特神聖帝國的第一任女皇帝啊！嗯，對歷史學者與對這個世界的政治感到絕望的人來說，那應該會是天大的好消息吧。」
無論何種政治體制，年輕的指導者與第一任女性皇帝，都會背負許多世間的關注與期待。
「不過我覺得背負著莫大的期待卻做不出成果時，反而會讓民眾更加絕望。如果一開始就讓人抱持過剩的期待，又更是如此了。本宮從來沒希望自己能當上皇帝。」

「只是因為下任皇帝的寶座近在咫尺，才無奈地朝那個目標邁進嗎？」

「坦白講，大概就是那種感覺。本宮沒有其他選擇。追過本宮的彼得大人，和威德林年齡相近。他也只有一開始能被稱作年輕的帝國改革者。再過不久，想拉他下臺的人就會增加。他走的也是一條佈滿荊棘的道路。」

在地球上，備受期待的新政權一開始的支持率也都很高。

「真佩服彼得會想要當皇帝……」

我就算死也不想當。

「那是本人的希望。而且彼得大人身邊，不是還有個讓人覺得有點冷漠的女魔法師在嗎？」

「啊，妳是說艾梅拉吧。」

那個人長得很漂亮，但基本上是個盡忠職守的人，平常根本就不會笑。

許多貴族也都說她很冷漠。

雖然彼得和藍茲貝爾格伯爵常公開說想娶她為妻。

「她平常對彼得也表現得很冷淡呢……」

「表面上是那樣沒錯，但那位女魔法師非常拚命在保護彼得大人的安全。即使當上了首席魔導師，還是將大部分的工作交給部下處理，專心擔任彼得大人的保鏢。而且她從未抱怨過，所以那兩個人應該是那種關係吧。」

該說不愧都是女性嗎？

泰蕾絲似乎非常了解艾梅拉的心情。

「仔細想想，彼得大人和威德林很像呢。」

「哪裡像？」

「都同樣受年長女性歡迎。」

「哈哈哈……」

這讓我好難回應。

說到這個，不曉得亞美莉大嫂過得好不好？

真想早點和她見面。

「威德林一離開帝國，本宮就會跟著成為自由之身。真令人期待呢。」

「搬到鮑麥斯特伯爵領地後，妳有什麼打算？」

「目前什麼都還沒決定。暫時應該會先專心享受自由吧。」

離開咖啡廳後，我們又逛了幾間店，然後差不多到了傍晚。

「威德林要回去吃晚餐嗎？」

「艾莉絲她們應該有煮飯。」

「我也想多練習料理。雖然貴族千金不需要學這種東西，但本宮現在覺得如果學會了應該會很有趣。」

「妳果然還不會做菜啊……」

雖然她之前切菜的動作很熟練，但光切材料可是做不出料理。

「不，已經會囉。只是會做的種類非常少而已。你之前待在解放軍時，應該也吃過菲利浦公爵家的傳統料理吧？」

「確實是吃過，不過每天都吃同樣的東西實在很膩。」

艾爾和艾莉絲她們後來都吃膩了，這也是我們開始自己煮飯的原因之一。

「菲利浦公爵家的女性成員們，都至少要會做那道料理。所以本宮也學會了。」

「原來如此。」

即使會做的料理不多，只要學會包含使用菜刀在內的基本技巧，應該就不難學會其他料理吧？

「如果能像艾莉絲大人那樣學會各種料理，人生或許會變得更加豐富。反正本宮現在有的是時間，不如就向她請教吧。」

「這主意聽起來不錯。對了，不如妳今晚也來吃飯，順便請她教妳怎麼做吧。」

「喔。威德林也學會若無其事地邀約女性了呢，這樣姊姊就放心了。」

「若無其事地邀約啊……」

我和泰蕾絲一起走回家。

坦白講，我還不曉得我們之後會發展成什麼樣的關係。

不過覺得幾乎已經捨棄帝國貴族身分的泰蕾絲很有魅力，絕對不是我的錯覺。

＊＊＊

「接下來將舉行阿卡特神聖帝國與赫爾穆特王國的談和儀式。」

與泰蕾絲約會後的一個星期，兩國總算在帝都的皇宮舉辦談和儀式。

帝國那邊是由彼得親自出席，王國那邊則是為了平衡兩邊的地位，同時派了外務卿與王太子殿下出席。

雖然感覺外務卿會被排擠，但其實他也非常忙碌。

不僅必須隨侍在王太子殿下身邊，還必須事先與兩國的外務負責人擬定協議和磋商條件。

「總算結束了。」

「是啊。」

在被捲入內亂的成員中，我和修爾翠伯爵算是少數具備實務能力的上位貴族，所以之前都非常忙碌，但現在總算能鬆一口氣了。

其實這種時候真正該工作的人是導師，但姑且不論能力，他根本毫無幹勁，最後什麼也沒做。

這讓我們的負擔變得更加沉重。

「我本來以為會在一些瑣碎的條件上起糾紛。」

兩國曾經一度開戰，而且帝國那邊給人因為內亂變弱的印象，所以我本來以為王國會針對賠償額展開強硬的交涉。

然而實際開始交涉後，反而是王國這邊看起來比較急著談和。

「是因為王國軍比想像中還弱吧。」

在無能的雷格侯爵指揮下，八千名的先遣隊被帝國單方面擊潰了。

雖然後來透過菲利浦與克里斯多夫的活躍，總算洗刷了恥辱，但就算直接開戰，王國還是有可能敗給已經經歷過實戰的帝國精銳部隊，目前王國軍內充滿了像這樣的不安。

當然，表面上還是不能示弱。

不過在心裡考慮這種可能性的貴族，確實是變多了。

「再來是紐倫貝爾格公爵的遺產。」

從地下遺跡發掘出來的魔法道具，也包含了瑞穗伯國在實戰中用過的魔槍和魔砲。

尤其是帝國在最後那場戰鬥中，回收了相當多的魔法道具，如果那些魔法道具被運用在實戰當中，很可能會對王國軍不利。

因此王國最後做出的結論，就是在研擬出對策前，還是先老實地談和並擴大通商比較妥當。

「（雖然鮑麥斯特伯爵也回收了不少，但還是帝國軍的人數比較多，所以他們應該也確保了相當多的魔法道具。）」

修爾翠伯爵在我旁邊小聲地說道。

至於使用方法，只要問投降的紐倫貝爾格公爵家的士兵就行了。

需要的訓練時間應該也不長。

「王國軍必須慎重行事，否則可能會打草驚蛇。」

「累積了實戰經驗後，帝國的軍隊也變得更加精良了。」

如果允許舊紐倫貝爾格公爵家軍，以及那些因為被解散家門而沒落的貴族軍隊奪取王國軍的領地，反而可能會是王國這邊失去領地。

既然如此，還不如坦率地談和，讓對手謝罪與賠償。

「雖然有些什麼都不懂的貴族，提議重新侵略帝國。」

「我覺得應該不可能吧……」

「那些人就是因為不明白這點，才會被陛下討厭啊。」

事先反覆進行交涉並決定好條件後，兩國順利地完成了談和程序。

波及王國北部的「移動」與「通訊」妨礙，被認定為是反叛者紐倫貝爾格公爵的獨斷，針對他犯下的罪行，兩國同意由現在的帝國政府進行謝罪與賠償。

雖然這是事實，不過一旦在戰爭中落敗死亡，就會完全被當成是壞人，連反駁的餘地都沒有。

「勝者為王」這句話說得真是太好了。

除此之外，兩國也完成了關於貿易的交涉。

帝國希望能藉此增加復興的財源，這麼做也能同時增進兩國的經濟。

「獲得兩國許可的人，能自由出入直轄領地，但若要進入貴族領地，就必須另外獲得許可。」

「畢竟要是協助貴族反叛可就不妙了。」
紐倫貝爾格公爵也是獲得了奇怪魔族的協助。
即使不是魔族，外人還是有可能煽動貴族掀起叛亂。
那個魔族並非按照國家命令行動，但他是個只要能滿足自己對知識的慾望，就算協助反叛者也不會產生任何罪惡感的傢伙。
雖然這只是我的猜測，但魔國應該也覺得他是個棘手的傢伙。
畢竟他的魔力在魔族中似乎也算是頂級。
不過從他會因為艾莉絲的「過度治癒」陷入苦戰，就能看出本業是考古學者的他，並不擅長戰鬥。
可是他的頭腦很好，在修理與整備發掘品方面，幫了紐倫貝爾格公爵不少忙。
「擴大交易規模有助於經濟發展，但相對地走私和偷渡也會變多。而且雖然帝國的軍隊變精良了，但暫時還得處理小規模的內亂和騷動吧。」
內亂結束後，彼得強硬地對許多貴族做出了減封、轉封和除籍的處分，接下來應該會產生一些反彈吧。
在重建與開發帝國的同時，他也必須巧妙地鎮壓那些反抗分子。
「他還那麼年輕，接下來應該會很辛苦吧。他和鮑麥斯特伯爵同年嗎？」
「是的。」
「那還真是辛苦。可以想像得到他的辛勞。」

王太子殿下和彼得，在我與修爾翠伯爵的面前蓋下印章。

這麼一來，持續了一年以上的內亂與兩國隨之產生的紛爭總算結束了。

第四話　協助父女重逢

「終於能久違地回歸冒險者兼貴族的生活了。」

「威爾，至少要說是貴族兼冒險者的生活吧。」

在兩國簽署議和條約後，又過了兩個星期。

我正式從彼得那裡獲得獎賞，在向陛下進行最終報告，並在許多貴族的圍繞下參加完慶祝勝戰的派對後，我們總算返回鮑麥斯特伯爵領地。

「不過為什麼王國軍要辦慶祝勝戰的派對啊？不如說王國軍其實是……」

「艾爾，不可以再說下去了。」

王國軍的先遣隊慘敗給紐倫貝爾格公爵的事，已經成了禁忌的話題。

畢竟國家也有自己的面子要顧。

雖然說相對地也有點奇怪，但多虧我們與後來會合的菲利浦和克里斯多夫，在內亂中大為活躍，最後總算是保住了王國與王國軍的威嚴。

這個事實才是重點。

「各位，讓你們久等了。」

抵達宅第後，羅德里希和許多家臣已經出來迎接我們。從今天開始，我將依序處理探索「魔之森」、領地內的土木工程，以及一些作為貴族的工作。

不過鮑麥斯特伯爵領地在這一年多內，也發展得十分蓬勃。

鮑爾柏格的市區變得更加寬廣，魔之森周邊也蓋了好幾座城鎮和公會分部，許多冒險者都以那裡為據點，透過狩獵和採集累積了大量素材。

那些素材被賣到外地，為鮑麥斯特伯爵領地帶來了一筆財富。

而獲得的利益又繼續投資在開發上。

開闢大規模的農地、建設供農民們居住的農村，以及整頓道路的工程，都如火如荼地進行。

這一切的流程，都是由鮑麥斯特伯爵家的家宰羅德里希在指揮。

雖然埃里希哥哥也有幫忙處理驅逐鬧事的貴族，但羅德里希一個人應該也能勉強完成所有的實務工作。

換句話說……

「我突然想到，其實就算讓羅德里希當領主也沒關係吧？」

「威爾……你怎麼可以說這種話……」

沒想到我居然也會有被艾爾斥責的一天。

「……威爾，這是不可能的。」

我試著和埃里希哥哥提起剛才的話題，但也被他否決了。

一旁的羅德里希也跟著點頭。

「埃里希哥哥，這是為什麼？」

「雖然鮑麥斯特伯爵領地開發得很快，但那是因為威爾事前完成了基礎工程。」

多虧基礎工程已經完工，羅德里希才能有效率地進行開發。

所以我不在的時候，鮑爾柏格的建設工程還是能按照計畫進行。

「埃里希大人說的沒錯。等之後開發新地區時，還得再請主公大人以土木工程冒險者的身分提供協助。而且鄙人只是因為受到主公大人的信任，才被賦予所有權限的家宰。就算鄙人現在說『以後鄙人就是新領主，大家要聽我的話！』，也只會被大家無視而已。」

「這樣啊。」

於是之後我繼續拓平荒地、進行治水工程、整頓道路和打造能暫時用來防止野生動物入侵的設備。

「您這次答應得還真是乾脆。」

「因為在內亂中吃了不少苦頭啊。而且我從來沒拒絕過羅德里希的要求吧。」

雖然被拜託時，可能會毫不掩飾地露出厭惡的表情。

我之前在帝國已經做了許多諸如幫忙構築陣地，或是為了撫慰民心而協助開發城鎮的工作，所以早就習慣了。

「原來如此，主公大人同時也是個優秀的工兵啊。」

「感覺與你為敵會很恐怖。」

埃里希哥哥，我又不是那種會主動樹敵的人……

「而且威爾你們的戰果，也大致傳到王國這邊了。你現在應該是王國最有威嚴，且最為人恐懼的貴族。」

雖然是鄰國的內亂，但和平常那些盡可能避免出現死者的紛爭不同，我是在認真互相殘殺的戰爭中大為活躍。

這就是王國的貴族們對我感到敬畏的主因。

「貴族只要在戰爭中獲勝，就會被人尊敬和恐懼。」

「反過來講，只要一落敗就會很悽慘。」

前任布雷希洛德藩侯就是因為在魔之森讓自己的諸侯軍潰敗，名聲才會一落千丈。

不過現任布雷希洛德藩侯在與布洛瓦藩侯的大規模紛爭中獲勝，恢復了家門的名聲。

「雷格侯爵家這次的慘敗，可能會讓他們再也無法世襲現在的職位。」

不僅強硬地主張出兵，還替王國軍造成重大的犧牲。

最後連當家本人也戰死，讓家門陷入混亂，這樣下去他們很可能再也無法擔任軍務卿的職位。

「反倒是率領剩下的士兵，於內亂中大為活躍的布洛瓦兄弟，在王宮內的評價變好了。」

他們順利彌補了雷格侯爵犯下的失誤，就連帝國軍的高層都將他們視為名將。

儘管兩人都是名譽貴族，但幾乎已經能確定將獲得更高的爵位和能夠世襲的職位。

埃里希哥哥似乎對王宮裡的狀況瞭若指掌，這麼說來，他似乎是隸屬於盧克納財務卿的派閥。

他的情報應該是來自那裡吧。

「一場戰爭的結果，就讓評價產生劇烈的變化啊……」

「因為大家都認為貴族應該要擅長戰爭。所以現在應該沒有人敢公開找鮑麥斯特伯爵領地的麻煩。這樣我也樂得輕鬆呢。」

「埃里希大人在各方面都幫了許多忙，真的是非常感謝。」

「羅德里希是個優秀的家宰呢。雖然我也希望底下有個像你這樣的人才，但以我家的規模，應該沒那麼多工作要做吧。」

埃里希哥哥是名譽貴族，所以工作量不像有領地的貴族那麼大。

不如說他家主要的工作都是由貴族本人處理，家臣們只負責輔佐，平常沒什麼工作。

「我再過一陣子也要返回王都，但你應該還有些棘手的事要處理吧？」

「真的是瞞不過埃里希哥哥呢……」

我在這場內亂中帶回來的新麻煩，首先當然就是泰蕾絲吧？

彼得似乎非常放心把她交給我照顧，而王國那邊對此也沒說什麼。

她只帶了一個女僕過來，之後也沒再和菲利浦公爵家聯絡，所以大概是被當成「已經退場的人」

吧。

她是個女性這點，也有很大的影響。

王宮似乎對她抱持著「雖然是當過選帝侯的人才，但終究是個女性」的想法，所以只把她當成是我的戰利品之一。

如果女性主義者聽到這種話，應該會很生氣吧。

不過這個世界幾乎沒有那種人。

「曾當過公爵的傑出人才啊。她確實散發出那種氣場呢，而且還是個美女。」

別看埃里希哥哥這樣，他對女性的評價非常嚴格，這表示他真心認為泰蕾絲是個美女。

看來並不是我的評價太寬鬆。

「她在領主館附近買了棟房子，過著寧靜的生活。保險起見，我也有派護衛過去監視，但主要是用來保護她。」

一旦她出了什麼事，將會演變成鮑麥斯特伯爵家的責任，所以羅德里希細心地做了這樣的安排。

畢竟難保不會有貴族為了找我麻煩，而派人襲擊她。

羅德里希真是能幹，我很慶幸是由他擔任我的家宰。

「泰蕾絲大人的事還算好處理，反倒是菲莉涅大人的事比較棘手。」

「唔唔……」

她現在仍住在我家。

因為還不能馬上讓她和她的父親布雷希洛德藩侯見面。

大貴族的私生子女極為常見，其中有許多是詐欺。

首先要讓我的家臣帶著證據去布雷希洛德藩侯家進行說明，不過即使對方承認，也無法輕易讓他們重逢。

對方是大貴族，必須按照程序安排時間與場所。

菲莉涅這邊也需要做好準備。

菲莉涅一直是被當成平民女性扶養，所以必須替她準備與貴族千金相符的服裝，還有指導她學習禮儀。

雖然要等被布雷希洛德藩侯家認領後，她才會正式學習這方面的知識，但為了避免她在與父親重逢時失禮，目前正由艾莉絲她們對她進行基礎教育。

「主公大人，菲莉涅大人已經學會貴族的禮儀了嗎？」

「我把這件事全權交給艾莉絲處理了，應該沒問題吧。」

艾莉絲是真正的貴族千金，在禮儀方面也是完美無缺，所以應該可以放心交給她。

「既然是由艾莉絲大人指導她，那就不用擔心了。」

「不如說威爾還比較危險。」

「艾爾，你有資格說別人嗎？」

我們都是不被騎士爵家需要的孩子，而且老家還是偏遠地區的小領主，所以我們受過的禮儀教育有跟沒有一樣。

「艾爾文說的沒錯。主公大人對王國的重要性將會愈來愈高，未來出席公共場合的機會也會增加，所以必須接受正式的禮儀教育。我立刻幫您準備教師。」

「呃啊……」

羅德里希擅自替我做出決定，仔細想想身為一個伯爵，我的確該學會正式的禮儀。

可惡的艾爾，都怪他多嘴……

「辛苦你啦，威爾，加油吧。」

認為事不關己的艾爾，以輕浮的態度勉勵我。

「雖然我是個小法衣貴族，但畢竟是在王都工作，所以也透過岳父的人脈習得了禮儀。威爾，這種事只要習慣就好。」

「沒錯，只要習慣就好啦。」

「艾爾文也要加油喔。」

「咦？我也要學嗎？」

埃里希哥哥突然勉勵艾爾，讓後者露出驚訝的表情。

「那當然。艾爾文是威爾的護衛，所以之後遇見大人物，以及出席正式儀式的機會也會變多吧。畢竟你是大貴族的重臣。」

「呃……」

埃里希哥哥的主張合情合理，讓艾爾完全無話可說。
「太好了，艾爾，只要習慣就好呢。」
「你好像很高興能把我一起捲進來……」
「討厭啦，艾爾。我才不是那麼沒度量的男人。讓我們一起學習與身分相符的禮儀吧。」
既然無法逃避，就只能多拖一點人下水了吧。
「明明是在討論菲莉涅學禮儀的事情……」
發現自己也得學習禮儀，讓艾爾顯得有點沮喪。
「主公大人，艾爾文，我會替兩位準備最棒的老師。」
「哈哈哈……真讓人開心……」

之後好一段時間，我和艾爾的行程表裡都多了一樣禮儀課程，遺憾的是那對我們來說，比魔法和劍術困難許多，讓我們費了不少工夫才學會。

「重逢的儀式是明天舉辦嗎？」
「儀式啊……」
「大貴族不管做什麼都很鋪張，所以說是儀式也沒錯。」
經常見到盧克納財務卿的埃里希哥哥，說出符合他身分的意見。

連與女兒的感人重逢都要被當成儀式，大貴族還真是辛苦。

「關於菲莉涅大人的事情，雖然和布雷希洛德藩侯家那邊協調非常辛苦，但還是比不上正由我們照顧的那位大人。」

那個比菲莉涅還要棘手的人物，就是之前俘虜的魔族。

「吾輩正忙著整理資料。」

因為不能外出，厄尼斯特搬進了我們家最深處的房間。

雖然是羅德里希準備的房間，但那裡原本就是用來招待賓客的高級客房，所以應該沒問題。按照鮑麥斯特伯爵家的方針，我們替他準備了豐盛的三餐，也告訴他有任何需要都能直接跟我們說。

儘管隨時都有人監視且不能外出，但本人毫不在意地窩在房間裡，開心地與大量書籍和資料為伍。

「真是個貨真價實的學者呢。學院裡也有很多這種人。」

埃里希哥哥判斷厄尼斯特和聚集在學院裡的那些學者們是同類。

「雖然不能掉以輕心，但他應該不會突然逃跑吧？」

「嗯？你是鮑麥斯特伯爵的熟人嗎？」

厄尼斯特發現我們的存在，向初次見到的埃里希哥哥搭話。

「我是常被人說靠弟弟往上爬的哥哥。」

「你……似乎很適合當學者呢。」

「如果我出生的家庭很富有，或許真的會當學者呢。」

「不論是人類或魔族，研究學問都很花錢呢。」

厄尼斯特似乎很中意埃里希哥哥，不過埃里希哥哥確實有成為學者的潛力。

「鮑麥斯特伯爵，你有什麼事嗎？吾輩正忙著製作和在紐倫貝爾格公爵領地發現的地下遺跡有關的報告。在來這裡之前，必須優先處理紐倫貝爾格公爵委託的工作，所以沒什麼時間做報告。」

「……」

厄尼斯特誇張的發言，讓羅德里希啞口無言。從他說的話完全感覺不出他是曾在帝國內亂中提供魔法道具給紐倫貝爾格公爵的人，因為他一點罪惡感也沒有。

「不用擔心吾輩會逃跑。鮑麥斯特伯爵領地的遺跡群幾乎都沒被探索過，調查起來非常花時間，在調查完之前，吾輩不會離開這裡。」

「你給我暫時安分一點。」

「製作報告也很花時間，所以不用擔心。」

之後厄尼斯特就埋首於製作報告，不管怎麼叫都不回應，因此我們只好離開房間。

「事情就是這樣。」

「原來如此，他並不隸屬於國家啊……」

羅德里希總算明白厄尼斯特是個什麼樣的人。他只會為了滿足對知識的慾望行動，是個能為此無視常識和善惡的危險人物。

不過他非常能幹，只要能好好控制，一定能派上用場。

「鮑麥斯特伯爵領地的地下遺跡嗎？那些遺跡確實幾乎沒人探索過。」

這塊無人居住的土地光是開發就已經夠困難了，實在沒有餘力進行學術調查。

唯一的例外，大概就只有魔之森的地下遺跡了。

「只要有給他好處，他就不太可能從這裡逃跑吧？」

「我覺得應該不用擔心他會逃跑。」

埃里希哥哥向羅德里希表示不需要擔心。

「因為他非常聰明。他確實是魔族，並且擁有更勝威爾的魔力。不過如果是和紐倫貝爾格公爵合作時也就算了，現在沒有其他能夠幫忙藏匿他的人。」

「畢竟他現在是帝國的敵人。」

雖然我偷偷把他帶了回來，但這件事不可能瞞得過彼得。

站在王國的立場，也不能放著危險分子不管。

即使擁有強大的魔力，同時對上好幾名上級魔法師還是必死無疑。

「只要他肯安分一點，我覺得可以繼續維持現狀。」

再過不久，我們就會允許他發掘地下遺跡，到時候他應該會變得更加安分。

「帝國居然什麼都沒說。」
「因為是獎勵啊。」
即使讓帝國逮捕厄尼斯特，他們也只能處死這個大戰犯。
雖然很多人會因此覺得爽快，但這樣對帝國來說沒什麼好處。
所以不如把厄尼斯特當成獎勵交給我處理。
只要讓厄尼斯特在鮑麥斯特伯爵領地發掘古代遺物，就能為我們帶來利益。
「難怪您從帝國那裡獲得的獎勵那麼少……帝國的新皇帝陛下真是個厲害的角色。」
羅德里希說的沒錯，實在難以想像彼得居然和我同年。
「鮑麥斯特伯爵領地內似乎有許多還沒被發現的遺跡，就算少拿一點獎賞也能輕易賺回來。」
「鄙人明白了。魔族的事情就先這樣處理吧。比起這個，還是先解決菲莉涅大人的事。」
說得也是。
雖然菲莉涅那邊一點錯也沒有，但光是想讓他們父女重逢，就要面對一堆麻煩。
必須經過詳細的協商，才能決定何時讓他們見面，這部分也要考慮布雷希洛德藩侯家的狀況。
畢竟突然多了一個私生女，所以必須先徵詢布雷希洛德藩侯的夫人們的意見。這件事可能會影響到子女們的繼承順位，私底下還必須和跟隨那些夫人與子女的遠房親戚與有力家臣們，仔細地進行交涉。
雖然這不是我們的工作，但根據羅德里希的說明，對方似乎希望我們能再等一段時間。

「沒辦法。反正也必須先教菲莉涅基本禮儀。」

這部分目前是由艾莉絲主導，即使要等一段時間也沒關係吧。

「真辛苦呢。」

「埃里希哥哥也來幫忙……應該不太可能吧……」

如果是請他幫忙開發領地倒還好，但要他幫忙讓布雷希洛德藩侯與私生女重逢的事就不太妥當了……

既沒有理由要他幫忙，也不該讓他和這件事扯上關係。

「關於這件事，我只能假裝什麼都不知道了。要是被人認為我知情，事情會變得很麻煩。」

這樣埃里希哥哥回到帝都後，可能會被與布雷希洛德藩侯關係惡劣的貴族們騷擾。

「所以我只能對你說『加油吧』……」

「說得也是……」

「主公大人，交涉的事情是由鄙人負責……」

總之現在還不能讓菲莉涅與布雷希洛德藩侯見面。

因此我……不對，羅德里希只能繼續辛苦地和布雷希洛德藩侯家交涉。

「鮑麥斯特伯爵大人，請問我的父親是個什麼樣的人？」

「呃，是個偏文科的人吧？」

「親愛的，您這樣講菲莉涅小姐應該聽不懂吧。他是個溫柔的人。」
「（溫柔的人應該不會把女兒放著不管那麼久吧？）」
「（艾爾，雖然我也這麼想，但不可以講太大聲。）」

經過一連串麻煩的交涉後，菲莉涅今天總算要和布雷希洛德藩侯見面。
雖然我覺得只要正常地見面就好，但大貴族在各方面都很費事。
儘管菲莉涅這邊也需要時間準備，不過貴族真的有夠麻煩。
我也得小心一點。
就在我這麼想時，艾莉絲她們一面開心地聊天，一面替菲莉涅打扮。
「為了給父親好印象，禮服最好不要選太華麗的顏色，不過顏色也不能太暗，不如就挑淡藍色吧？」
「艾莉絲，裝飾品要怎麼辦？」
伊娜和露易絲看著大量飾品，問艾莉絲該挑哪一個。
菲莉涅的打扮必須符合貴族的常識，同時還要能夠給人好印象。
像這種時候，果然還是經驗豐富的艾莉絲最可靠。
我嗎？

希望大家別對我抱持這方面的期待。

「挑主要是由銀製作的飾品好了。雖然不能挑太華麗的飾品，但也不能選便宜貨。」

「那就挑緞帶或髮箍？」

「為了突顯與父親一樣的銀髮，最好不要遮住頭髮。」

「那我幫她梳得漂亮一點。」

「卡特琳娜小姐，那就拜託您了。」

「我每天早上都要花很多時間整理頭髮，所以早就習慣了。」

卡特琳娜開始用自己的梳子替菲莉涅梳頭髮。

她的動作之所以那麼熟練，是因為每天早上都要自己整理徹底睡亂的頭髮。

「艾莉絲大人，鞋子呢？」

「薇爾瑪小姐，請幫忙把鞋子擦乾淨一點。」

「我知道了。是因為一旦疏忽了腳底，就會被對方看不起吧？」

「妳知道得真清楚。」

薇爾瑪開始用布細心地把鞋子擦乾淨。

她懂的比想像中還多，讓艾莉絲佩服不已。

薇爾瑪是軍務卿的養女，所以當然不可能不知道這種事，但從她平常給人的印象，很難聯想到這點。

「再來就只剩下禮儀了，艾莉絲已經替妳打好了基礎，所以應該沒問題吧。」

難得父女重逢，要是菲莉涅表現失禮，或許會因此被討厭。

為了不讓事情變成那樣，菲莉涅一直在接受真正的貴族之女艾莉絲的指導。

「話說菲莉涅，妳是不是又成長了？」

「是的，露易絲大人，我稍微長高了一點。」

「真令人羨慕。還有以後不能再叫我大人喔。因為妳將成為貴族的女兒。」

露易絲也是我的妻子，兩人之間的身分幾乎平等。

所以露易絲提醒菲莉涅以後要叫她小姐。

「好的，我知道了，露易絲小姐。」

「這樣就行了。準備都順利結束囉。」

菲莉涅就這樣在女性成員們的協助下梳妝完畢，之後我用「瞬間移動」送大家到布雷希洛德藩侯家的領主館。

因為事先就已經約好，我們馬上被帶進客廳。

「不過還是會感到有點不安呢。」

「不安？」

「哎呀，菲莉涅的母親，身分地位並不高吧？」

和打扮完畢的菲莉涅一起等待布雷希洛德藩侯登場時，艾爾突然開始擔心地說道。

「姑且不論布雷希洛德藩侯本人怎麼想，他的夫人們那邊沒問題嗎？」

「就是為了避免造成問題，才會花那麼長的時間交涉吧。」

「威爾嗎？」

「當然是羅德里希。」

「話雖如此，還是讓人覺得好擔心……」

艾爾擔心菲莉涅會被那些夫人們用「妳真的是老爺在外面生的女兒嗎？」、「唉，因為母親是下賤的平民，所以女兒看起來也很下賤呢」之類的話欺負。

「威爾不擔心嗎？」

「被你這麼一說……」

「要不是老爺說要收留妳，我們才不會讓妳踏進這個家門！」、「聽好了，我們是因為可憐妳才會養妳！」，說不定菲莉涅會被布雷希洛德藩侯的妻子和兒女用這些話欺負。

這下不妙！

一開始想像這些場景後，就完全停不下來。

「（被迫和女僕一起打掃家裡，或是三餐都只能吃冷掉的剩飯……）」

在以前的日本電視劇裡，女主角都會用凍傷的雙手打掃，一個人吃著加了蘿蔔葉的雜糧飯。

「（唔哇。好可怕，感覺真的有可能發生。）」

艾爾在聽了我的想像後，也跟著皺起眉頭。

「（或是用手指頭抹窗緣的灰塵給菲莉涅看，嫌她打掃得不夠乾淨。）」

「（很有可能。）」

因為菲莉涅就在旁邊，所以我們壓低音量接著說道。

如果她真的遇到那種事，或許會覺得早知道就不要和父親見面。

「（我覺得大貴族應該是不會做出這種事，但反過來講，就算他們欺負菲莉涅，也沒人敢批評他們吧？）」

「（的確有這個可能……）」

我和艾爾的腦中，已經清楚地浮現出菲莉涅被布雷希洛德藩侯的妻子和兒女欺負的畫面。

「（唔……其實不讓他們見面，對菲莉涅反而比較幸福嗎？）」

我心裡開始產生後悔的念頭。

如果事情真的變成那樣怎麼辦？

雖然布雷希洛德藩侯對我有恩，但我也不能對那種事視而不見。

村長是為了拓展菲莉涅的未來，才會把她託付給我。

艾莉絲她們照顧菲莉涅時，也把她當成妹妹疼愛。

其實也可以繼續讓菲莉涅待在我家，等她成人後，再讓她自由選擇人生。

就在我這麼想時，某人拉了一下我的袖子。

我轉頭一看，發現拉我的人是臉色有些蒼白的艾莉絲。

「那個……親愛的……」

「艾莉絲，怎麼了嗎？」

「那個……後面……」

「後面？」

在艾莉絲的提醒下，我轉頭看向後方，發現那裡站了一個年約三十、精心打扮的女性。

我對那位雖然有點年紀，但依然十分美麗的女性有印象。

「哎呀，看來鮑麥斯特伯爵大人的文采，遠比我的丈夫要好呢。」

「啊哈哈哈哈……好久不見。」

艾莉絲應該是想打斷我和艾爾的對話。

因為站在那裡的女性，正是在我們的想像畫面中欺負菲莉涅的人物。

我們平常很少見面，而且對方以前的身分地位比我高，因此我不自覺地恢復過去的語氣。

「我以前好像有讀過類似的故事呢。」

「嗯，我之前看了那樣的書。對吧，艾爾？」

「是啊，我也難得地把書看完了。」

我和艾爾拚命想把剛才的失言蒙混過去。

我們剛才把布雷希洛德藩侯的正妻當成欺負菲莉涅的壞婆婆。必須設法挽回才行。

因此我們露出刻意的笑容，努力把剛才的發言蒙混過去。

「這樣啊。原來是以前的故事。這女孩就是菲莉涅吧。」

「幸會，我叫菲莉涅。」

菲莉涅遵守禮儀，向布雷希洛德藩侯夫人打招呼。

不愧是艾莉絲，連指導禮儀都這麼有一套。

「鮑麥斯特伯爵大人，這次真是麻煩您了。」

「不，我只是把她從帝國帶回來而已。」

因為剛才的事情，我努力擺出謙虛的態度。

「您從發生內亂的帝國將她帶了回來。實在感激不盡。艾莉絲小姐她們似乎也非常照顧她。」

布雷希洛德藩侯夫人也彬彬有禮地向艾莉絲她們道謝。

接著她仔細端詳菲莉涅的臉，用手摸了一下菲莉涅的頭髮確認。

「妳的眼睛和我丈夫很像。髮色也一模一樣。包含我在內，我的丈夫總共有六位妻子，但大家生的都是兒子。女孩子果然很可愛呢。」

布雷希洛德藩侯夫人似乎非常中意菲莉涅。

雖然只是表面上如此。

「鮑麥斯特伯爵大人，請您放心。因為這個女孩將會成為您的妻子，所以在她成年前，我不會叫她去打雜、讓她穿破爛的衣服，或是叫她吃剩飯。」

「威爾，果然都被聽到了……」

「（給我閉嘴！）啊哈哈，我一點都不認為夫人會做出那種事。」

因為不能在這時候自亂陣腳，我用手肘頂了艾爾一下。

既然決定要蒙混過去，就必須裝傻裝到最後。

「這樣啊。所以您願意在菲莉涅成年後，娶她為妻嗎？」

「嗯，我很樂意。」

事到如今，只能用笑容蒙混過去了。

而且不能對將來迎娶菲莉涅的事情提出異議。

咦？要把菲莉涅嫁給我？

為什麼？什麼時候？

「「「「……」」」」

艾莉絲她們一臉無奈地看著我自掘墳墓，然後像是早就知道事情會變成這樣般，表現出放棄的態度。

不過真不愧是大貴族的正妻……完全被她擺了一道。

「那個……夫人。」

「菲莉涅，以後妳就直接叫我母親吧。」

「好的，母親，請問父親在那裡？」

「他正在和妳的其他母親說話，晚點就會過來。」

「好的。」

我大概猜得到他們在說什麼。

「（就和鮑麥斯特伯爵大人想的一樣，其他人正在對那位不負責任地於國外留下子嗣，而且還完全沒照顧人家的丈夫略施小懲。）」

布雷希洛德藩侯夫人在我耳邊展開扇子，以其他人聽不見的音量小聲說道。

「（在外面留下子嗣是無所謂。尤其那還是我們期待已久的女孩。問題在於他把人家丟下不管，完全沒照顧人家這件事。真是的，聽說就連修爾翠伯爵他們都知道了。明明沒有才能，卻還留下了一堆不值錢的日記與自己寫的詩集……）」

布雷希洛德藩侯夫人大概是從布蘭塔克先生那裡，得知消息已經走漏給修爾翠伯爵他們的事。

今天沒看見布蘭塔克先生，不曉得他怎麼了？

雖然好像一直在講布雷希洛德藩侯的壞話，但像他這樣的貴族在外面留下子嗣，而且直到孩子滿十歲為止都沒給予任何援助，確實是件大事。

考慮到世間的評價，也難怪主掌家務事的夫人會想搖頭嘆息。

「（我也拜讀過作為證據的詩集了，那種糟糕的情詩，確實只有我家老爺寫得出來。）」

其實我們也這麼覺得。就連我都能寫得比他好。

布雷希洛德藩侯寫的書評，在文藝集會中獲得非常高的評價。

他明明能夠客觀地評論別人的作品，自己寫的詩卻連五歲兒童都比不上。這就是夫人與家臣們對他的評價。

雖然因為太可憐了，所以沒有人直接告訴他。

「（不過這次真的太誇張了，所以我們警告他如果再犯，就要把他的詩集拿去出版。）」

出版那種詩集啊……如果我是作者，應該會考慮自殺。

「菲莉涅，妳覺得父親的詩寫得怎麼樣？」

「我覺得非常真情流露。」

菲莉涅的評價某方面來說也沒錯，因為他真的只是直率地把自己的心情寫出來。

不過就是因為太過直率，詩本身的評價才會變得微妙。

或許幾千年後，會反過來被後世評價為天才詩人……會變成這樣才奇怪。

雖然是我自己說的話，但應該不可能吧。

「妳是個非常溫柔的孩子呢。大概是母親教得好吧？」

布雷希洛德藩侯夫人看起來對菲莉涅沒有成見。

她始終擺出樂意接受菲莉涅的態度。

「（鮑麥斯特伯爵大人，您不用擔心，因為菲莉涅是女孩子……）」

原來如此。

夫人生下的長男將會成為下一任布雷希洛德藩侯，而菲莉涅的存在並不會威脅到他的地位。

她不僅不是競爭對手，還能拿來當政略婚姻的籌碼，所以有好好珍惜的價值。

諷刺的是，這種現實的理由反而值得信任。

看來我也已經是貴族世界的一分子了。

「再讓我丈夫等下去，他就太可憐了。」

布雷希洛德藩侯似乎被限制與菲莉涅見面。

這大概也是處罰之一。

夫人一下指示，布雷希洛德藩侯就衝進室內。

「我的女兒啊——！」

從布雷希洛德藩侯衝向菲莉涅的樣子，完全看不到平常的冷靜。

看來他真的很想和女兒見面。

「幸好鮑麥斯特伯爵把她從帝國帶了回來呢。」

「鮑麥斯特伯爵，真是太感謝你了。」

布雷希洛德藩侯淚流滿面地向我道謝。

不過他這副拚命的模樣，和平常簡直是判若兩人。

「菲莉涅，我就是妳的爸爸喔。」

「父親，初次見面，我是菲莉涅。」

「真是太有禮貌了！」

菲莉涅一打招呼，布雷希洛德藩侯就擅自興奮了起來。

看來菲莉涅激發了他溺愛子女的一面。

明明只是個普通的問候……等我有了小孩後，也會變成這樣嗎？

「菲莉涅，對不起，一直以來都沒去見妳。聽說妳的媽媽……莉拉已經去世了。」

「是的。不過我還有父親在。」

「嗯，妳放心吧。我再也不會讓妳吃到任何苦頭。」

布雷希洛德藩侯表現得非常拚命，看來他真的很疼愛女兒。

不過他那個樣子，似乎就連艾莉絲都有點受不了。

「老爺，等她成年後，將會嫁到鮑麥斯特伯爵家。」

夫人說這句話應該是想讓布雷希洛德藩侯安心，但他不知為何露出非常絕望的表情。

「咦？」

「就算您表現得一臉困惑……」

「菲莉涅才十歲，不用急著談這種事吧。」

「才十歲……我們家的齊格菲，不是在同樣的年齡就已經訂婚了嗎？」

齊格菲是布雷希洛德藩侯的長子。

我聽說他今年才十二歲，但像布雷希洛德藩侯這種大貴族的長子，就算小時候就定下婚約也不奇怪。

「齊格菲是男的啊……但菲莉涅是女孩子……」

「還不是一樣！才一見面就想要過度保護人家！與其現在才這麼做，不如一開始就好好負起責任！」

「對不起！」

布雷希洛德藩侯的態度惹惱了夫人，因為實在太可怕，我們立刻就撤退了。

菲莉涅也被其他夫人帶出房間。

大概是覺得這樣對教育不好吧。

「大貴族的夫人真可怕……我要回去找溫柔的遙小姐尋求慰藉……」

看見布雷希洛德藩侯被夫人罵後，艾爾開始一個人逃避現實。

我之後也要向艾莉絲她們尋求慰藉。

「伊娜小姐、露易絲小姐，布雷希洛德藩侯夫人是那麼可怕的人嗎？」

「她平常是個溫和的人喔。」

「這都要怪布雷希洛德藩侯大人不好。」

的確，應該很少人在得知「自己的丈夫有私生女，而且已經十歲了」後，還能維持冷靜吧。

「說得沒錯。」

伊娜和露易絲的說法，讓卡特琳娜露出理解的表情。

「艾莉絲小姐好像也是一生氣就會變得很可怕？」

「咦？我有那麼可怕嗎？」

到底是怎麼樣呢？畢竟我很少惹她生氣。

「比起這個，看來菲莉涅已經確定會嫁給威爾大人了。」

「啊！」

直到薇爾瑪提起，我才想起這件事。

夫人提議把菲莉涅嫁給我，而我完全沒否定就離開了房間。

「反正五年後，狀況可能又改變了……」

「威爾大人，這幾乎不可能。」

「我想也是。」

即使如此，我還是選擇先逃避現實。

身為貴族，我還有很多其他問題要處理。

協助完親子感人的重逢後，我帶著滿足的心情返回宅第。

第五話　創造新產業

「菲莉涅順利被布雷希洛德藩侯家接受，魔族也安分地待在房間裡。感覺總算能回歸平常的生活了。」

「親愛的，要再來一杯茶嗎？」

「謝謝妳，艾莉絲。麻煩妳了。」

「來，請用。」

在某個晴朗的午後，我們悠閒地待在家裡休息。

我邊喝艾莉絲泡的茶，邊吃餅乾。

這也是艾莉絲和伊娜她們一起做的。

「艾爾和遙在做什麼？」

因為沒看見他們，所以我試著問了一下。

「今天放假，所以艾爾帶遙去逛鮑爾柏格了。」

伊娜如此回答。

「就是去約會吧。」

兩人已經正式訂婚，再來只剩下舉辦婚禮。

不過遙是瑞穗人，必須多花一點時間協商和確認流程。

在那之前，兩人先享受著以戀人身分共度的時光。

「鮑爾柏格在這一年內急速擴大，所以應該能發現許多新的樂趣。」

我之前本來就是為了替大規模擴張做準備，才會進行整地，但在羅德里希的努力與埃里希哥哥的協助下，我們不在的這一年裡，鮑爾柏格的規模已經成長了一倍以上。

甚至還多了連我們都不知道的店家或觀光勝地，艾爾和遙應該就是去逛那些景點吧。

「喔——在假日和戀人一起約會啊……」

這是我前世的壞毛病。

一聽見現充的事，就會突然感到火大。

舉例來說，就像因為明天好不容易能放假而滿心期待時，不幸聽見同事在說：「明天該和女朋友去哪裡約會好呢？」

不過我現在是鮑麥斯特伯爵，不能讓周圍的人發現我那無聊的嫉妒。

「威爾大人，我下次放假想去探索城鎮。」

「這是個好主意呢。」

侵蝕我內心的嫉妒感情，很快就消散了。

沒錯，因為我現在有五個妻子。

而且還是女性主動找我約會。

前世根本不可能發生這種事……一想到這裡，我又變得有點難過了。

「威德林先生，關於新市鎮，羅德里希先生說之後有排視察的工作。」

「視察和約會是兩回事。」

「是啊，視察時就算發現喜歡的店也不能去買東西。」

薇爾瑪說的沒錯。畢竟是工作，所以我還是會好好進行視察，但這樣一點都不開心。

「卡特琳娜光靠視察就能滿足嗎？」

「這和滿不滿足應該沒什麼關係吧。」

「卡特琳娜真是正經。威爾，我也要一起去。卡特琳娜似乎只要有視察就夠了。」

「我、我又沒那麼說。」

喂，露易絲。

卡特琳娜個性認真，不太懂得變通，所以別太戲弄她啦。

「那下次大家一起去新市鎮約會吧。卡特琳娜也會一起去吧？」

「呃，嗯……我也會一起去。」

這種時候，還是能夠坦率地說想和我一起約會的薇爾瑪和露易絲比較有利。

「主公大人，鄙人有些事想找您商量……」

此時，羅德里希帶著一疊文件走進房間。

應該是來找我商量工作吧。

「又是土木工程？」

「那個之後會再安排。」

居然不是「已經不用再做」，而是「會再安排」啊。內亂中累積的疲勞再過一陣子就會恢復，之後又要開始過著用魔法進行土木工程的日子了。

我往旁邊一看，發現卡特琳娜也露出像是在說「又來啦……」的表情。

她的風格和我很像，同樣能夠靈巧地使用多種魔法。她的技術在內亂中變得更加純熟，所以被精明的羅德里希給鎖定了。

很少有貴族能將複數魔法師用在開發領地上，所以羅德里希當然不可能放過我們。

「鄙人想聽聽主公大人的想法。希望您能提供一些意見……」

「羅德里希先生，您要喝茶嗎？」

「太感謝了。」

艾莉絲開始幫忙泡茶，羅德里希也找了個位子坐下。

「在領地內發展產業啊……」

羅德里希是來找我商量，要在鮑麥斯特伯爵領地內發展什麼樣的產業。

「魔之森的產物不行嗎？」

「露易絲大人，雖然不是不行，但從長遠的眼光來看，只依靠採集物實在不是件好事……」

鮑麥斯特伯爵領地的開發進展得很順利，但產業主要集中在農業、漁業和魔之森的狩獵與採集方面。

因為正在加緊腳步開發，所以有非常多土木與建築方面的工作，或是針對聚集在這裡的人潮做生意。

不過等開發告一段落後，就必須將人手轉移到其他工作。

否則那些失去工作的人就會建立貧民窟並躲在裡面生活，連帶導致領地內的治安惡化。

需要新的產業保障那些人的工作，讓金錢繼續在領地內流通。

我將自己的想法告訴大家。

「原來如此。那麼該怎麼辦？」

「該怎麼辦才好呢？」

「真可惜，要是威爾這時候能乾脆地提出好主意，就會顯得很帥氣呢！」

不好意思，我沒辦法這麼快就在領地內創造新的產業。

「露易絲大人，主公大人只要能夠明白為何需要創造新產業就沒問題了。」

「話說露易絲，妳自己有什麼好點子嗎？」

「咦——我是威爾的太太，所以什麼都不知道～～」

「光聽就讓人覺得腦袋很差呢。」

「伊娜！妳這樣講太過分了！」

不，我覺得伊娜講得很有道理。

能穩定地替領民提供職缺的產業啊。人必須先確保食衣住等基本需求，才能維持理性。如果不能提供這些，就沒資格當領主。唉，不過就算能提供這些要素，最後還是難免會出現貧富差距。

糧食方面，目前正緊急增加農地，並召集冒險者增加狩獵和採集的量。如果只能依靠魔導飛行船從其他領地進口糧食，未來人口增加時一定會很困擾。

其他物品也一樣，能在自己領地生產的東西就要盡量在自己領地生產，藉此賦予領民們工作。必須讓金錢流通，促進經濟發展才行。

「食衣住等基本需求方面，食和住已經在全力處理。問題在於衣服，也就是生活用品。」

「原來如此，運輸費用無論如何都是個問題呢。」

以前布雷希洛德藩侯家會派遣商隊到鮑麥斯特騎士領地賣鹽。

雖然那些鹽的價格有點貴，但考慮到運輸費用，怎麼看都是布雷希洛德藩侯家單方面在虧損。

即使如此，他們仍基於宗主與大貴族的義務，繼續派遣商隊。

然而像鮑麥斯特伯爵領地這種大領地，就沒辦法那麼做了。

儘管我們已經盡量用同一艘船一次載運大量的物品，還是無法避免那些商品單價原本非常便宜的生活用品與衣物的價格持續攀高。

即使如此，多虧王國和布雷希洛德藩侯家幫忙從中斡旋，要商人們別賣我們太貴，以及羅德里希的巧妙交涉，最後總算避免價格漲到其他領地的好幾倍。

「考慮到距離因素，平民使用的廉價物品，最好還是在領地內生產比較好。」

「衣服的部分，鄙人已經從其他地方找人過來這裡建立工房。可以利用棉花、麻或是南方大蜘蛛的絲等魔物素材製作衣物。」

「沒辦法做出高品質又昂貴的衣服啊。」

「如果有工匠能做出足以出口的服飾，一定會被當地的領主保護。」

這麼說也有道理。

畢竟是能賺取外匯的貴重人才。

大量製作便宜服飾的工匠競爭非常激烈，所以或許會因為考慮到未來性而來鮑麥斯特伯爵領地闖天下。

羅德里希就是聚集了這樣的人才。

「如果想提高衣服的生產量，就要設法在領地內確保衣服的素材。再來就是……」

羅德里希看向艾莉絲用來泡茶的茶壺、茶杯、茶碟和裝餅乾的盤子。

「餐具嗎？」

「沒錯，艾莉絲大人。」

既然人類每天都要用餐，自然就需要餐具。

「關於這部分，目前也缺少領民們平常使用的廉價品。」

「的確。而且餐具又特別重。」

衣服還能靠魔導飛行船大量運送壓低價格，但陶器和瓷器都很重。再加上容易在運輸過程中破裂，使得成本又變得更高。

話雖如此，金屬餐具又更重更貴。

「最近領地內流行使用木頭餐具。」

「建設與開發都會用到的木材，所以有效地活用了木材碎片和用不到的樹枝吧。」

原來如此，針對能夠取得的素材下工夫啊。

能注意到這點的艾莉絲也很厲害。

「簡單來講，就是要在領地內製作陶器和瓷器吧。」

不管是陶器或瓷器，都是只要有黏土就能製作。

就像我以前用魔法做甕那樣。

「順便問一下，有辦法做出能夠出口的昂貴陶器或瓷器嗎？」

「再過幾十年的話？」

我想也是……

如果這麼容易做，那些能在自己的產地生產高級品的貴族，就不用專門僱用工匠了。

「目前做為材料的黏土品質不是很好，若繼續在領地內搜索，應該能找到品質更好的黏土，但比起品質，現在那些工匠必須以數量為優先。否則他們的技術其實也不差。」

按照羅德里希的說法，陶器和瓷器製作起來相對容易，所以許多貴族都想拿來當成特產，競爭非常激烈。

如果運氣好被王室或大貴族看上就能品牌化，製作就算昂貴也能賣得出去的產品，但目前大部分的陶瓷產地知名度都不高。

就是因為那些產地的交易量有限，才會出現多餘的工匠。

這個世界大多是採長子繼承制，即使次男或三男在家裡幫忙時習得技術成為工匠，也往往找不到工作。

來鮑麥斯特伯爵領地的大多是這種人，但其中也有一些人技術非常好。

「那麼，就讓那些人製作高級品吧。」

「卡特琳娜大人，製作受歡迎的商品可沒那麼容易。」

這也是理所當然。

如果只要技術好一點，就能立刻做出暢銷的昂貴陶器或瓷器，大家就不用那麼辛苦了。

「而且其實已經有類似的商品在流通了。」

羅德里希指向我從瑞穗上級伯爵……現在是公爵了……那裡收到的瑞穗製器皿。那和伊萬里燒（註：指出產於日本有田町一帶的瓷器）非常相似。

「內亂已經結束，王國也重新開始和帝國交易。瑞穗那邊也需要整頓新領地和填補內亂造成的花費。瑞穗的陶瓷設計新奇，所以很受歡迎。」

「嗯——」

彼得之前有送我一個產自帝國知名窯場的瓷器作為獎賞，我將那個瓷器拿來和艾莉絲泡茶用的茶壺比較。

艾莉絲愛用的茶壺，是她作為嫁妝帶來的物品。

製作那個茶壺的窯場也很有名，不只是霍恩海姆家，許多王國貴族家都是他們的忠實顧客。

「大家有什麼意見嗎？」

「這個嘛。帝國窯場的作品，在王國應該沒那麼暢銷。威爾也這麼認為吧？」

「說得也是。」

我也贊同伊娜的意見。

帝國和王國的陶瓷品質差距不大，即使運來王國賣，價格也會因為運費變高而讓人難以下手。

除了品質以外，花樣和圖案也非常相似，設計都和地球的西洋白瓷很像。

雖然普遍很厚，且顏色比起白瓷更接近灰瓷，但這應該是受到黏土品質的影響。

「威爾大人，瑞穗的陶瓷顏色會更白一點。」

「這麼說來，的確是這樣呢。」

薇爾瑪說的沒錯，瑞穗的陶瓷確實比其他地方白了一點。

「不過親愛的，比起品質差距，暢銷的原因還是因為設計新奇吧。」

瑞穗的文化和日本相似，所以陶瓷的設計也偏向日本風格。

他們用的是日式茶壺，杯子也沒有把手，再不然也是偏向這樣的設計。

「不過那些茶具比較難用呢。」

「與其說是不搭調，不如說是奇怪。那些茶具，感覺只適合瑞穗公爵在內亂期間舉辦的那種茶會。」

像現在這樣享用瑪黛茶和餅乾時，還是用西洋風格的茶具比較好。

瑞穗製品數量不多又少見，所以容易成為有錢人的收藏品，但不適合平常使用。

「艾莉絲，這套茶具，是不是再白一點會更好？」

「雖然每間工房都在持續研究讓商品變更白的方法，但這似乎非常困難。」

因為這個世界的技術還在發展中。在日本以一般價格就能買到的瓷器不僅較白，品質也更好。

「我知道了，我會稍微想一下。」

「喔喔！不愧是主公大人！」

「只是想想而已，不保證一定能成功。」

我想到了一些或許能提升瓷器品質的方法。

所以打算馬上用魔法嘗試。

話雖如此，我根本就不具備製作陶瓷的技術。

以前用魔法作的甕終究只是生活雜貨。

因此我打算利用英國在十八世紀發明的技術。

有些難以取得白色黏土的地區，會在陶土中加入牛的骨灰代替，用這種方法做出來的瓷器叫做「骨瓷」。

我的領地內有許多地方都能採到黏土，所以可以直接拿來用，只要在黏土裡加入骨灰，再燒製成瓷器，應該就能做出呈乳白色的漂亮成品。

儘管無法保證一定能成功，但試試看也沒損失。

「趕緊來實驗吧。」

在解體狩獵回來的魔物時，也會一併取得大量能夠製成骨灰的骨頭。雖然那些骨頭也能當成魔法道具和魔法藥的材料，或是農業用的土壤改良劑，但最後還是會剩下許多只能當成垃圾丟棄的骨頭。

「（我記得骨瓷是指磷酸鈣含量在百分之三十以上的瓷器。既然沒有牛骨，就用魔物的骨灰代替吧。）」

和製作「極限鋼」時一樣，我用魔法不斷改變混合比例，製作出許多含有骨灰的黏土板，再用魔法重現燒製程序，製造瓷器。

我缺乏塑型的技術，成品都歪七扭八，但還是成功製造出比最白的瑞穗瓷器還要白的瓷器。

「（這個品質最好呢。把詳細的混合比例記下來吧。）」

接著我用那個比例製造大量黏土，交給工匠製作茶杯、茶碟、茶壺、盤子和花瓶。

「話說我們的陶瓷都是在哪裡做啊？」

「領地內有幾座窯場，今天要帶您去的那座則是位於鮑爾柏格的近郊。」

羅德里希帶我來到窯場，那裡有許多工匠正在工作。

「是魔導窯啊，我還以為是普通的窯場。」

魔導窯用的燃料不是柴薪，而是魔力。

不僅能夠長時間維持需要的溫度，也比較容易做出高品質的陶瓷。

既然是魔法道具，造價當然非常昂貴，小規模的窯場通常都是使用普通的土窯。

我之所以會知道這些事，是因為曾聽說瑞穗除了部分特殊陶瓷以外，都是使用魔導窯製作。

「魔導窯不是很貴嗎？」

「這部分是使用了和往常一樣的戰術。」

「和往常一樣啊……」

高級陶瓷的產業競爭非常激烈，有些貴族會為了先行投資而購入魔導窯，然後因為維護費用嚴重虧損，羅德里希就是跟那種貴族買下了魔導窯。

魔導窯只要沒有魔石或魔力就無法使用。

小規模的窯場自己沒有魔法師，光是持有魔導窯就會造成很大的負擔，這樣不如撿路邊的木頭回來當燃料還比較便宜。

「這不是羅德里希大人……以及鮑麥斯特伯爵大人嗎！歡迎兩位大駕光臨！」

似乎是這裡負責人的中年男性，驚訝地向我們打招呼。

「陶瓷的狀況如何？」

「目前正在大量製作領地內的人也能輕鬆使用的廉價陶瓷。」

其他還有十幾名工匠在埋頭工作，他們製造的陶瓷品質看起來還不差。

雖然這只是我這個外行人的判斷。

「感覺沒什麼差別……」

我從魔法袋裡拿出帝國知名窯場的作品比較。雖然黏土的品質較差，但感覺塑型的技術並沒有比較差。

「喔，那是帝國的盧貝爾窯的作品吧。」

「這是別人給我的獎賞，真虧你看得出來。」

就算給我時說這是王國窯場的作品，我也一定不會發現。

「哎呀，畢竟這是我的本行，我以前曾在王都郊外的宗法特窯工作過。」

我記得艾莉絲當成嫁妝帶來的茶具組，也是那邊的產品。

所以應該是大貴族專用的品牌。

「羅德里希，他該不會其實是個厲害的工匠吧？」

「不，我並不是什麼厲害的工匠。如果冷靜地自我評價，離一流應該還有段距離。」

仔細問過後，我才知道這裡的負責人是來自經營宗法特窯的家族。

「工匠有些地方和貴族很像。雖然講好聽點是貴族專用，但這種高價品不可能大量銷售，能持續擔任工匠的人數也有限，我從小就持續學藝，但最後還是得以哥哥們為優先，我也不得不離開家裡。其他窯場的狀況也差不多……最好的選項，就是等著被想將陶瓷當成特產品的貴族招聘。」

陶瓷的世界競爭也很激烈，真是辛苦。

多餘的工匠之子都必須自己出外發展。

「業界目前也流傳瑞穗的陶瓷交易量將會增加的消息。比起帝國或王國的陶瓷，那些收藏家應該也會更喜歡稀奇的瑞穗陶瓷吧。」

再不然就只能做好薄利多銷的覺悟，量產以平民為客群的便宜陶瓷。

「鮑麥斯特伯爵領地的狀況，是因為不用考慮運費成本，可以便宜出售，所以再過不久就會把進口的陶瓷全部驅逐吧。」

這樣以後應該只會進口一部分的高級品吧。

「再來就是只能做些獨特的陶瓷，或是品質高到連外行人都能看出差異的作品了。」

「我也這麼覺得，所以準備了這個。」

我從魔法袋裡拿出混合了魔物骨灰和黏土的試做品。

「只要用這個，應該就能做出比以前還要白又有光澤的陶瓷。」

「如果用這個當材料，確實能做出比以前還要白的陶瓷。這樣就更能突顯出表面的花紋和圖案了。」

工匠們一看見我提供的白黏土，便頓時湧出幹勁。

提醒大家之後要把完成品拿給我看後，我們留下黏土，返回宅第。

過了一星期，我收到試做品已經完成的消息，於是再次和羅德里希前往窯場。

「鮑麥斯特伯爵大人，請看！我們做出了這麼白的瓷器！」

順利完成我以前在日本看過的帶有透明感的乳白色瓷器，似乎讓窯場的負責人非常高興。

「喔喔！好白！」

「這樣應該能賣到高價！」

那個帶有透明感的乳白色瓷器，顏色比王國製和帝國製，或甚至瑞穗製的瓷器都要白。

「仿製骨瓷」就這樣順利完成了。

雖然還有改良的餘地，但這部分只要交給專業的工匠就行了。

最棒的是，有這樣的品質就能外銷了。

鮑麥斯特伯爵領地之前外銷的產物，只有在魔之森捕獲的魔物素材、能當成魔法藥原料的藥草和蘑菇、稀奇的水果，以及最近總算開始外銷的砂糖。

「我們也會繼續磨練技術，製造更好的陶瓷。」

「很好，加油吧。」

就這樣，在與地球不同的世界，誕生了用魔物骨灰製成的瓷器。

雖然我很驚訝以前居然都沒人嘗試過，但能賺錢還是件幸運的事。

工匠們用我提供的黏土做了各式各樣的陶瓷，只要作品被判斷能賣，就會外銷到王都。

「咦？艾莉絲換茶壺了？」

下午茶時間，艾爾發現艾莉絲泡茶時用的是不同的茶壺。

「我是鮑麥斯特伯爵家的人，所以從今天開始要改用這個新收到的茶壺。」

我想起窯場負責人進獻這個茶壺時，曾說過這是個特別好的成品。

「這是威爾用魔法調配的黏土做成的瓷器吧？感覺比之前的茶壺白呢。」

「是啊，而且這個黏土的品質比瑞穗的陶瓷還要好。壺壁也沒那麼厚，造型清爽多了，充滿光澤的白色表面，也將上面的圖案襯托得更加鮮明。」

遙比我和艾爾還要了解陶瓷。

她的評價過於精闢，讓大家都點頭稱是。

「妳真懂陶瓷呢。」

「因為拔刀隊裡有不少人懂工藝品和陶瓷，在他們的薰陶下，我自然就學會了……」

看來拔刀隊的成員並不是只懂劍術，很多人也具備藝術素養。

「那武臣先生也是如此嗎？」
「哥哥雖然很懂刀劍，但對其他的事……」
原來如此，他的腦袋裡只有刀子啊。
「不過將魔物的骨灰和黏土混合在一起啊。真虧威爾想得出這種辦法。」
這不是我想出來的，我只是剛好知道而已。
即使如此，在完成能製造最高級品的黏土之前，我還是辛苦地用魔法做了好幾次細微調整。
如果直接將挖出來的黏土與骨灰混合，會讓成品的白色變黯淡。
不同種類的魔物骨灰，燒出來的白色也會不同，這部分只能交給工匠們研究。
「杯子漂亮的話，感覺茶也會跟著變好喝呢。」
艾莉絲用新的茶具幫大家倒瑪黛茶。
「用這種茶杯喝茶，有種奢侈的感覺呢。」
「不過拿來和老家的餐具比也不太妥當，畢竟道場裡有很多弟子，必須準備大量餐具。」
伊娜和露易絲，也跟著享受用新杯子喝茶的樂趣。
「要是容量再大一點會更好。」
「薇爾瑪小姐，這個杯子的用途不是妳想的那樣……不過這個純白的色彩與洗鍊的圖案，確實有資格當貴族的茶具呢。」
對薇爾瑪來說，杯子的實用性比設計還重要。

卡特琳娜則是沉浸在貴族的氣氛中，感到非常滿足。

「親愛的，這種陶瓷帶有奇妙的光澤，而且因為那種光澤並不搶眼，所以更能突顯出白色的部分，給人一種優雅的印象呢。」

「喔喔！這評價聽起來好專業！」

艾爾驚訝地說道，但艾莉絲本來就是真正的貴族千金。她一出生就在這類物品的圍繞下長大，自然會培養出審美的眼光。

「這麼說來，的確是這樣沒錯呢。」

「卡特琳娜，妳是因為艾莉絲剛才那麼說才注意到的吧？」

「威德林先生，事情才不是你想的那樣。」

「真的嗎？」

「那當然。」

因為聽起來實在太像謊話，除了艾莉絲以外，所有人都看向卡特琳娜。

艾莉絲本來就不太會懷疑人，所以反應才和大家不同。

「我也是聽過後才發現。」

「你應該要發現吧。畢竟是你提供的材料。」

話雖如此，我完全不具備任何藝術素養。

「艾爾……像我這種出身背景，怎麼可能培養得出藝術素養。這種事要交給艾莉絲才對。」

即使把前世的經歷一起算進來，我也不可能具備藝術才能或審美眼光。

「親愛的還有其他才能與優點，所以沒關係啦。所謂的夫妻，就是要互相填補不足的部分。」

艾莉絲不愧是我的妻子，說得真是太好了。

「我用魔法稍微調查了一下，魔物的骨頭隱約殘留一些魔力，應該就是那些魔力影響了陶瓷的光澤。」

「既然連這個都知道，為什麼會沒發現啊……」

「我只看得出來這些陶瓷又白又漂亮，原因則是要用魔法調查過才會知道！艾爾才是都沒發現嗎？」

「沒有啊，我的老家可是貨真價實的鄉下貴族家。你覺得那裡會有王都大貴族們專用的物品嗎？」

「不，我老家也沒有。」

我們就這樣順利完成了「仿製骨瓷」，那種瓷器的潔白、光澤和鮮豔的圖案大受歡迎，並因此成為鮑麥斯特伯爵領地的特產品。

然而……

「主公大人，訂單太多，黏土好像要不夠了。」

「又來啦？」

「不管再怎麼做，訂單都消化不完。」

「糟糕！我的工作又增加了！」

因為我隔了一年才回到領地，所以累積了大量的土木工程要做，結果現在又多了替高級瓷器調整黏土成分的工作，害我連原本一星期一天的休假都泡湯了。

這樣根本就比我以前當上班族時還要忙。

＊　＊　＊

「主公大人，希望您能再想出新的點子。」

「我說羅德里希，你該不會以為我有個能變出生意點子的魔法壺吧？」

「鄙人並沒有那麼想，但陶瓷的事最後不是非常成功嗎？」

羅德里希一臉興奮地催促我想新點子。

用魔物骨灰製作的陶瓷大受歡迎。

拜此之賜，那樣特產品成了鮑麥斯特伯爵領地的主要收入來源，但同時應該也連帶影響了其他領地的窯場生意。

那些生意變差的領地可能會對我懷恨在心，此外還要擔心工匠被挖角，或是原料與製作方法被人竊取的可能性。

羅德里希逐步將在鮑爾柏格郊外窯場工作的工匠，以及鮑麥斯特伯爵領地內的其他窯場中的優秀工匠家臣化。

平民用的陶瓷就交給民間製作，使用魔物骨灰的高級品則是由鮑麥斯特伯爵家直營，那些工匠也被當成家臣對待。

雖然薪水不高，但能夠世襲，若陶瓷暢銷，也能獲得獎金。

江戶時代的諸侯曾給予製陶工匠等同於武士的待遇，這可以說是相同的作法。

為了維護機密，必須以優渥的待遇僱用他們。

他們也會自己混合魔物的骨灰和從鮑麥斯特伯爵領地各地送來的黏土進行研究，等不需要我的協助也能做出最高級品後，這個產業就會穩定下來。

到時候我的工作也會減少，真是一石二鳥。

「這樣可以嗎？」

「那個……為什麼菲莉涅大人穿著女僕裝？」

其實我們明天預定要一起出門，所以我才把她從布雷希柏格帶來這裡，結果露易絲一時興起，替菲莉涅換上了鮑爾柏格的服飾工房試做的衣服。

「這件女僕裝的設計莫名地費工呢。」

「因為是我想出來的最新款式。」

這個世界的女僕裝裙襬通常是在腳踝附近，而且材質偏硬又沒什麼裝飾，設計看在我的眼裡也非常落伍。

我拜託城裡的服飾工房參考我的意見，做出改良型的試做品，而成品就是菲莉涅目前穿在身上的那件女僕裝。

其實我本來是預定讓露易絲穿……

「我也有穿喔。這種女僕裝裙子很短，上面有許多荷葉邊，顏色也不是黑色呢。」

「雖然女僕裝基本上都是黑色，但我覺得執著於黑色就等於放棄思考。設計也一樣。只要做出連女性都能穿得很開心的女僕裝，應該就能讓她們工作時更有幹勁。」

「講是這樣講，這完全是威爾的興趣吧？」

「才沒這回事，我只是在認真思考傭人們的員工福利。」

雖然做出新的女僕裝後，應該也能當成商品販賣，但其實我只是因為每天都在看，所以想換成現代風格的女僕裝而已。

除了貴族和有錢人家的女僕以外，城裡也有很多商店和餐廳會將女僕裝當成制服，只要他們買新女僕裝回去吸引客人，我們就能跟著回收經費。

唯一的問題，就是新設計可能馬上就會被抄襲。

「之前的泳裝也是這樣，威爾真的擁有奇妙的才能呢。」

這不是才能，只是記得前世看過的東西。

前世有位喜歡女僕咖啡廳的公司前輩，我參考的就是他帶我去的店裡的制服。

「當然，也有伊娜的份喔。」

「也有我的份？」

「只是試穿，不用太認真啦。也有艾莉絲、薇爾瑪、卡特琳娜和遙的份喔。」

「你準備得真是周到……不過感覺很有趣，就來試試看吧，艾莉絲你們呢？」

「我也想穿穿看。以前看多米妮克穿時，我也想跟著試穿，但後來被爺爺罵了……」

艾莉絲也是個普通的女孩，所以對衣服很有興趣。

「好像很有趣。」

「為什麼我要穿傭人的衣服……」

「不想穿就算了。」

「如果新女僕裝能讓領地內的服飾工房賺錢，之後也會輾轉為鮑麥斯特伯爵家帶來利益，所以這也是出身高貴之人的義務。」

薇爾瑪冷淡地說「不想穿就算了」，但以前都是獨自行動的卡特琳娜似乎不喜歡被排擠。

她硬掰了個理由，答應一起試穿新女僕裝。

「話說我是第一次穿裙子呢。」

畢竟是主人的命令，所以個性認真的遙馬上就答應試穿女僕裝。

她說這是她第一次穿裙子，仔細想想我在瑞穗時，確實是沒看過有人穿裙子。

大家為了換衣服而前往其他房間，過了約十分鐘後，所有人都換好衣服重新集合。

「嗯——真是太幸福了。」

菲莉涅是藍色、艾莉絲是綠色、伊娜是紫色、露易絲是粉紅色、薇爾瑪是黃色，卡特琳娜則是橘色。

「……」

「……」

「威德林先生，艾爾文先生，你們對我有什麼不滿嗎？」

「威爾，這時候到底該說什麼才好……」

「硬要說的話，就是不太自然吧？」

大家看起來都可愛又漂亮，而在穿著各種女僕裝的妻子們與少女的包圍下，鮑麥斯特伯爵與其家臣一號都喜不自勝，原本應該是這樣的畫面，但卡特琳娜的髮型與傲慢的態度，和女僕打扮實在很不搭調。

「卡特琳娜，妳要不要換穿其他顏色的女僕裝看看？」

「威爾，我覺得這和顏色應該沒關係。」

艾爾判斷這不是顏色的問題。

「對了！只要把頭髮放下來就行了！」

因為縱捲髮的女僕看起來很奇怪。

所以只要把頭髮弄直……

咦？

感覺之前也有過類似的對話……

「我拒絕。這個髮型是我的堅持。」

嗯——居然對縱捲髮這麼堅持……

「卡特琳娜該不會得了只要一把縱捲髮弄直就會死的病吧？」

「最好是有那種病！」

果然沒有這種病啊……

「真羨慕遙小姐。」

遙穿的是一般的黑色女僕裝，但艾爾看起來還是非常開心。

那件女僕裝的荷葉邊比艾莉絲她們的少，裙子也比較長。

儘管改造的地方不多，遙還是夾緊雙腿並表現得忸忸怩怩。

對她來說，這樣的裙子似乎還是算太短。

她平常原本就只穿褶裙，所以不習慣穿這種裙子吧。

「害羞的遙小姐，真棒……」

沒救了，艾爾現在完全沉溺在遙的美色中。

「親愛的，除了黑色的女僕裝以外，感覺都不太適合讓家裡的女僕穿。」

「果然是這樣啊。」

「原來你也知道啊。」

「露易絲，我好歹是個有常識的人！」

「正常人應該不會把女僕裝改成這樣。」

「唔！」

露易絲，妳怎麼可以這樣說自己的丈夫。

「艾莉絲，這是給城裡的商家用的。」

對那些請年輕女孩當服務生的餐廳來說，這種新型女僕裝應該非常有用。

「因為這樣能吸引到許多男性客人嗎？」

不愧是艾莉絲，一下子就看穿了我的意圖，當然也可能是女性本來就對這種事比較敏銳。

「雖然這麼做有點露骨，但感覺真的能吸引到很多男客人……」

伊娜，這就是男人可悲的習性。

「男性客人一定會增加！」

這麼一來，店家也能馬上回收女僕裝的錢。

「如果一間店想讓多名女員工換上這種服裝，就要多買幾件當清洗時的備用衣物。每天都換不同顏色的女僕裝也能維持新鮮感，增加常客的數量。」

「威爾大人，真的是這樣嗎？」

「有這個可能性，只要經營者們這麼想，新的女僕裝就能大賣了。」

只要服飾工房賺錢，鮑麥斯特伯爵家的稅收也會跟著增加。

「威爾大人真會做生意。」

薇爾瑪，再多誇獎我一點。

因為我是努力提升領民生活的好領主。

「所以把多米妮克和蕾亞的女僕裝換成這個吧。」

「只改良這些，看起來反而比較漂亮呢。」

艾莉絲也贊成讓家裡的女僕改穿遙身上的新女僕裝。

「那個，威爾。」

「咦？伊娜反對嗎？」

「倒也不是反對，只是覺得舊式的女僕裝也應該被保留下來。」

「為什麼要特地保留設計老舊的女僕裝？」

「像多米妮克和蕾亞那樣的年輕女僕當然是沒什麼關係，但這棟房子裡，有些女僕的年齡比我們的媽媽還大吧。」

確實是這樣沒錯！

這麼大的房子，當然不可能只靠多米妮克和蕾亞打理，所以還另外僱用了許多家臣的女兒或妻子來當女僕。

要那些年紀較大的女僕穿這種有許多荷葉邊，而且裙子又短的女僕裝，確實太勉強了……

「雖然若真的採用這套服裝，她們應該還是會穿……」

此外儘管不太好對伊娜開口，但那樣對觀看的我們來說也是一種負擔。

「伊娜，我會另外想裙子和以前一樣長，設計也比較穩重的女僕裝。」

就這樣，鮑麥斯特伯爵領地內的服飾工房推出了嶄新的女僕裝，並且大受餐廳的歡迎。

不過在這個沒有著作權的世界，馬上就會被人抄襲，所以最後還是沒賺到多少錢。

然後……

『鮑麥斯特伯爵，聽說你讓我可愛的菲莉涅穿上猥褻的服裝，藉此取樂是吧……』

「我覺得應該是你誤會了……」

之後讓菲莉涅試穿新女僕裝的事情被布雷希洛德藩侯發現，害我多花了不少時間解釋。

第六話　招待旅行

刺虎魚是被分類為鱸形目鮋虎魚科的一種鮋虎魚，主要棲息在東亞的內灣與河海交匯處。

除此之外，在中國、澳洲與美國也能看見牠們的身影，於日本則是分布在北海道以南的地區。視地區與大小，還有其他各式各樣的名稱。

鮋虎魚算是一種相對好釣的魚，從江戶時代開始，釣鮋虎魚就被平民們當成一種娛樂。

這種魚也經常被當成食材，做成包含天婦羅、酥炸料理、生魚片、魚湯、燉煮料理和甘露煮在內的各種料理。

在江戶風格的天婦羅料理中，鮋虎魚被視為最高級的食材，在商業區的某間高級天婦羅餐廳，如果沒點到八千圓以上的套餐，根本就吃不到用鮋虎魚做的天婦羅。

在仙台的部分地區，鮋虎魚乾也被視為熬煮傳統年糕湯的湯頭時不可或缺的食材。

至於為什麼我要進行這麼詳細的說明……

「鮑麥斯特伯爵，這個釣場的魚又多又大。如果是在黃金時段，通常馬上就會釣到魚，是瑞穗伯國，現任瑞穗公爵家專用的釣場。」

在回到領地，且生活總算安定下來時，我們受到了瑞穗上級伯爵，亦即現任瑞穗公爵的招待。

瑞穗伯國，更正，瑞穗公爵領地從菲利浦公爵家那裡獲得在某片海域捕魚的許可，而那個釣場就位於與該海域相連的河川出口。

那裡棲息了許多香魚、鰻魚、鯰魚、鰕虎魚、星鰻和白鱚等魚類，只有瑞穗家成員和獲得當家許可的家臣與其家屬，能夠在這裡進行撒網或垂釣等捕魚行為，並享用自己的漁獲。

此外這裡也被瑞穗家當成接待貴客的場所。

「夏天的鰕虎魚比較小，但現在能釣到入海前的大鰕虎魚。」

上至領主，下至平民，許多瑞穗人都喜歡釣鰕虎魚。

不愧是和日本人相似的民族，就連興趣都相當風雅。

「其實關於極限鋼和那個會散發獨特光輝的白色瓷器，我們也讓工匠們研究了很久，但還是做不出相同的品質。希望您務必將製造方法賣給我們。」

瑞穗公爵就是為了這個目的，才會特地招待我們。

除此之外，因為瑞穗公爵不僅領地增加，爵位也獲得晉升，所以我們也帶了賀禮過來。

「還真是開門見山呢。」

「反正也瞞不過鮑麥斯特伯爵。而且大家在內亂中都過得相當辛苦，這樣的活動剛好能讓人放鬆一下。」

剛經歷過大規模的內亂，瑞穗公爵應該也想稍微喘口氣吧。

我也一樣。

畢竟我被迫減少休假，開發新的特產品。

「就讓我們悠閒地邊釣魚邊喝酒吧。」

「這真是最棒的招待了。」

我讓瑞穗公爵替我倒酒。

在河口的岸邊，有個只要用簡單的釣具就能輕鬆釣到鰕虎魚的釣場，那裡不僅蓋了一棟純瑞穗風格的房子，還能直接從屋內的窗戶釣鰕虎魚，完全不用擔心冬天的寒風。

一釣到鰕虎魚，就能立刻請瑞穗家的專屬廚師做成生魚片、炸魚、天婦羅、燉魚或魚湯，配酒一起享用。

酒也是加了烤過的鰕虎魚乾的熱鰕虎魚酒，除了酒好喝以外，還能給人一種風雅的感覺。

對曾是日本人的我來說，這種接待方式實在太令人開心了。

「釣到了，釣到了。喔喔！這是新記錄嗎？」

這個世界也有附捲線器的釣竿。

雖然王國也有，但瑞穗公爵領地製造的釣竿和現代日本的釣竿比較像，用起來非常順手。

他們是喜歡魚的民族，所以經常研究如何改良釣魚器具，天秤和魚鉤也跟日本製品很像。

「釣魚線也又細又堅固呢。」

雖然今天有釣到超過二十公分的鰕虎魚，但完全不用擔心這些極細的釣魚線會斷裂。

「這種經過特殊加工的釣魚線，是用棲息在魔物領域的斑紋大蜘蛛的蜘蛛絲製成，就連職業漁夫也經常使用。」

「感覺王國也會有這方面的需求。」

「其實馬上就有王國貴族來洽談了。真的要感謝議和條約呢。」

雖然瑞穗公爵家算是帝國貴族，但果然還是和那些純正的帝國貴族不太一樣。

就算彼得努力將他們納入帝國的體系，王國政府和王國貴族還是自行嘗試與瑞穗公爵家締結關係。

雖然王國政府那邊之所以這麼做，是因為我對陛下提出的建言。

「交易興盛也能為瑞穗家帶來財富，是件值得慶幸的事情，不過鮑麥斯特伯爵意外地很懂謀略呢。」

「是這樣嗎？」

「赫爾穆特王國並沒有趁帝國內亂時出兵，但可以說已經開始進行經濟侵略了。」

內亂對帝國的生產力和流通，造成了極大的傷害。

而王國似乎趁機一步步地讓自己的商品滲透帝國。

不過商人真是值得敬佩。

他們對商機十分敏感，而且不惜跨越國境也要賺錢。

「唉，雖然我們順利透過貿易賺取了不少利潤，但中央政府應該很傷腦筋吧。」

帝國的中央政府正努力鞏固統治體制，但似乎還是馬上就發生了小規模的叛亂。

「梅特子爵似乎和其他被剝奪爵位的貴族與其家臣們，一同掀起了叛亂。他似乎對自己的領地被縮減感到非常不滿，但那場叛亂短短一個星期就被鎮壓，他本人也被斬首示眾了。」

後來當上帝國軍最高司令官的吉伯特，馬上就派兵鎮壓了那場叛亂。

他是個能幹的軍人，除非梅特子爵是軍事天才，否則有這樣的結果也是理所當然。

「看來帝國還要再過一陣子才會恢復平靜。」

「彼得真辛苦。」

「因為難得鮑麥斯特伯爵你們願意過來，所以我本來也有邀請彼得殿下，可惜被他以工作太忙為由婉拒，聽說他本人也直嘆可惜呢。」

忙著整頓新菲利浦公爵領地的阿爾馮斯，也同樣因為太忙而無法出席。

「泰蕾絲大人也沒來啊。」

「她有她的苦衷。」

她已經不是菲利浦公爵家的人，也不打算在帝國進行政治活動。

泰蕾絲就是為了讓世人明白這點才離開帝國，所以不能這麼快就回來，即使只是參加娛樂活動也一樣。

「好像是只要她一出席，就會有許多帝國貴族跑來找瑞穗公爵，希望一起參加這場活動。她應該是不想給你添麻煩。」

「確實有可能會變成那樣。泰蕾絲大人在鮑麥斯特伯爵領地似乎過得還不錯，或許這樣也比較好。」

繼續談論政治的話題也沒意義，而且介入太深也會造成問題，所以我決定專心釣魚。

「艾爾，你有釣到魚嗎？」

「我有釣到幾條還算大的魚。炸鰕虎魚很好吃呢。」

艾爾請人把自己釣到的魚拿去油炸，看起來非常滿足。

「那個……艾爾先生。」

「啊，魚餌嗎？這種魚餌摸起來滑溜溜的，偶爾還會咬人呢。」

遙似乎不擅長應付用來當魚餌的活沙蠶。

她很不好意思地拜託艾爾幫她掛魚餌。

「原來遙小姐也有不擅長的事。」

「我從小就很怕這種滑溜溜的東西……」

「有些人確實會討厭這種東西。」

艾爾替不擅長應付活餌的遙掛魚餌，兩人一起融洽地釣魚。

他們的樣子看起來就像是一對現充情侶。

我至今仍未完全擺脫孤獨屬性，所以棲息在我心中的嫉妒之鬼……

不斷騷動我的內心！

「艾爾先生，我釣到了。」

「這條魚好大啊。請人幫忙炸成天婦羅吧。」

兩人將遙釣到的鰕虎魚交給女傭人後，一名看起來就像專業廚師的男子，就以俐落的動作將魚解體，裹粉拿去油炸。

男子凝視油鍋一段時間，然後毫不遲疑地撈起炸好的天婦羅，迅速將油甩乾。

那熟練的技巧，讓我完全移不開視線。

最後男子將剛炸好的天婦羅裝到盤子上，遞給艾爾和遙。

「艾爾先生，你的天婦羅要沾醬汁，還是沾鹽巴呢？」

「一開始先沾鹽吃好了。」

「我知道了。來，請把嘴巴張開。」

「啊——真好吃。由遙小姐餵我吃的天婦羅，吃起來特別美味呢。」

「才沒有這種事。」

「不，真的是這樣啦。」

艾爾一開口稱讚，遙就羞紅了臉。

坦白講，我光看就覺得受不了，想要仰天大叫了。

從你們身上，完全感覺不到對那位技術純熟的天婦羅專家的敬意或尊敬喔？

這樣實在太奇怪了。

我絕對不是在羨慕。

「真是青澀。我年輕時，也曾經和妻子有過這樣的互動。」

「是這樣嗎？」

坦白講，我在前世與結婚前，都沒有這種經驗。

話說回來，就算是年輕時的瑞穗公爵，感覺也不太適合這種事。

不過講出來太失禮，所以我只能在心裡想。

「偏偏武臣先生這時候不在……」

要是那個有戀妹情結的武士在這裡，一定會阻止那兩人的輕率行為，並好好懲罰艾爾，但今天不知為何沒看見他。

「武臣今天被藤林家的人叫回去訓話了，所以不克出席。」

「他做了什麼嗎？」

「應該是因為他妨礙了鮑麥斯特伯爵家與瑞穗公爵家交好。」

由於遙與武臣先生在內亂中立下許多戰功，並完成護衛我們的任務，藤林家的俸祿也提升了不少。即使只是末端的家系，依然擠入了上士之列。

「明明遙與艾爾文的婚事，也算是一件功勞，結果下任當家卻親自進行妨礙，這樣當然會被責備。」

武臣先生似乎被他們擔任現任當家的父親、曾是前任當家但已經退休的祖父，以及幾乎其他所有的家人訓了一頓。

「他的家人都罵他：『難得他們感情這麼好，你怎麼可以去妨礙他們！』不如說這才是正常的想法。」

因此即使他的地位已經足以參加這次的釣魚活動，最後他還是被禁止出席。

「（嘖，真是個沒用的哥哥。話說艾爾這傢伙也太不成體統了……）」

棲息在我心中的嫉妒魔獸，開始愈變愈大。

我回想起自己曾希望「現充們全都爆炸死光」。

而且他還污辱了天婦羅專家。

沒錯，這才是重點。

我再重申一次，這絕對不是嫉妒。

「親愛的，我也學會怎麼做天婦羅，並自己試做了一份喔。」

或許是察覺我內心的黑暗，艾莉絲用盤子端了自己做的天婦羅過來。

不愧是我的太太。

她發現我的內心被不輸紐倫貝爾格公爵的黑暗包圍，所以及時替我消除了可能會讓我想肅清功臣的間接原因。

「喔，炸得真漂亮。」

「炸天婦羅真的很難呢。」

的確，天婦羅是道非常難精通的料理。

從調理食材、製作麵衣到下鍋油炸的每個步驟，都需要謹慎處理。

「尤其是油炸時，還得仔細分辨油炸聲的變化。」

「妳的等級也太高了……」

艾莉絲明明是第一次自己炸天婦羅，講的話卻已經像個專家。

她的完美超人傳說，又新添了一筆事蹟。

「據說光是想學習瀝油的方法，就要認真修行好一段時間。那麼，馬上來吃吧。」

我趁熱品嚐艾莉絲做的天婦羅。

外表炸得又酥又脆，內部吃起來溫熱鬆軟。

雖然聽起來像某部美食漫畫會有的感想，但總之非常美味。

這讓我確信天婦羅一開始果然該先沾鹽吃。

「好吃。不愧是艾莉絲。」

「太好了。這樣回到鮑麥斯特伯爵領地後，也能隨時做來吃了。」

說完後，艾莉絲溫柔地笑道，這讓我確信自己的勝利。

「威爾，不過是吃個天婦羅，你幹嘛露出那麼得意的表情。」

艾爾一臉困惑地說道，但他實在該感謝艾莉絲。都怪他表現得像個現充，害我差點就想找機會將他肅清，是艾莉絲拯救了他。

「真是搞不懂你。話說伊娜她們呢？」

「是的，她們剛才和我在一起炸天婦羅。」

我順著艾莉絲的視線看過去，發現伊娜和露易絲不知為何炸了一大堆天婦羅。

「炸了那麼多，就算達不到艾莉絲的水準，應該也會有所進步吧。」

「專家也說我合格了呢。」

「吶，為什麼妳們要這麼拚命地炸天婦羅啊？」

伊娜和露易絲埋頭炸了一堆多到像是要準備開店般的天婦羅，因此我困惑地走上前詢問。

「完全不夠。」

「不管再怎麼炸，都沒完沒了。」

兩人之所以拚命炸天婦羅，全都是因為導師和薇爾瑪。

在某塊區域有個黑洞，不管是什麼樣的食物或飲料，只要靠近那裡就會立刻消失。

「這種叫鰕虎魚的魚真是美味，但要是能釣到一公尺長的鰕虎魚，就更完美了。」

「真的讓人愈吃愈餓呢。」

「呃……沒有那麼大的鰕虎魚啦……」

至少刺虎魚不可能長得那麼大。通常只要超過二十公分就算很大了。

「那就只能多釣幾條了！」

「釣吧，我想再多吃一點。」

雖然導師和薇爾瑪對沒有巨大鰕虎魚這件事感到遺憾，但兩人的本性都非常積極，所以馬上就決定要多釣幾條。

兩人釣到的鰕虎魚被交給伊娜和露易絲，然後等天婦羅一炸好，兩人就會互相搶食。

導師偶爾會配鰕虎魚酒，薇爾瑪則是也會喝茶和吃燉魚與甘露煮，但兩人連吃東西時都沒停止釣魚。

話說他們還真會吃……

「釣到了。」

「薇爾瑪好會釣魚喔。」

不愧是將狩獵與捕魚當成興趣並藉此維生的少女。她以專家等級的速度不斷釣起鰕虎魚。

她釣到的鰕虎魚立刻被做成料理，然後進到她的肚子裡。

「這一帶的鰕虎魚該不會已經全滅了吧？」

「又沒有其他人在釣，應該沒問題吧。」

薇爾瑪和導師吃魚的速度，快到讓艾爾擔心鰕虎魚會滅絕。

不過這個河口是瑞穗公爵家專用的釣場。

應該沒那麼容易滅絕吧。

「雖然釣到了，但我沒見過這種魚呢……」

「啊，是白鱚呢。這個做成天婦羅也很好吃。」

一旁的年輕女傭人，告訴薇爾瑪那是什麼魚。

因為這裡位於河口，所以偶爾也會釣到目標以外的魚。

在江戶風格的料理中，白鱚也是非常有名的天婦羅食材。

這種魚只生長在帝國北方，不會出現在王國沿岸。

所以我在王國從來沒看過白鱚。

「威爾大人，請你試吃。」

「這個也很好吃呢。」

薇爾瑪平常不太愛說話，所以沒對我說「啊——」，但她還是餵我吃剛炸好的白鱚天婦羅。

這種白肉魚很適合當天婦羅的食材，味道也和我預期的一樣非常美味。

「在下也想吃吃看。」

導師見狀，就像個孩子般任性地說也想吃白鱚。

「這不是目標魚，所以不容易釣到。」

「唔嗯嗯嗯——！釣魚最重要的，是想釣到魚的心情！」

雖然導師說的話好像很有道理，但我怎麼聽都覺得他只是嘴饞想吃白鱚罷了。

不過導師似乎不太擅長釣魚。他不太會將魚餌掛在小小的魚鉤上，所以動作不像薇爾瑪那麼流暢。

「不論是挑選釣點還是釣到魚時的應對……導師的技術都有待加強呢。」
「在下不擅長應付看不見的獵物……」
拜此之賜，導師釣到的魚還不及薇爾瑪的五分之一。
「結果魚就在這時候上鉤了！這條魚感覺很大！」
導師的釣竿大幅彎曲，他立刻捲動釣線將獵物拉上岸。
不過他釣到的不是鰕虎魚。
「河豚？」
「因為這裡是河口嗎？」
導師釣到了一隻身體已經膨脹起來的河豚。
「呃，這叫『溪河豚』，同樣非目標魚……」
一旁的女傭人愧疚地對導師說道。
「這可以吃嗎？在下以前曾吃過河豚。」
「種類不太一樣……雖然經常在河口被釣到，但這種魚全身都是毒，完全無法食用。」
「遺憾……」
導師一知道這種河豚不能吃，就變得非常沮喪。
「釣到了。」
「速度真快。」

就在導師沮喪時，薇爾瑪不斷累積戰果。

「不過都沒剩下來呢。我本來還想烤些魚乾帶回去……」

不管釣多少魚，最後都會被薇爾瑪吃光，所以看來不太可能有多的鰕虎魚能帶回去。

「呃，回去時順便買一點帶回家就行了吧。」

「不愧是威爾大人，真是個好主意。」

「……」

這個意見有好到值得被稱讚嗎？

感覺不管是誰都想得出來……

「再來是卡特琳娜……」

最後我試著尋找卡特琳娜的身影，發現她正一臉嚴肅地和菲莉涅一起挑戰釣魚。

這次是布雷希洛德藩侯夫人建議我們帶菲莉涅一起過來。菲莉涅已經是我的未婚妻，所以最好多找機會帶她一起外出，向大家宣揚這個事實。

『鮑麥斯特伯爵……要是你敢對菲莉涅出手……』

「我才不會做那種事！」

『那就好……真羨慕你能和菲莉涅一起出門呢……』

雖然在出發前，透過魔導行動通訊機聽到了布雷希洛德藩侯怨恨的聲音，但我怎麼可能對十歲的孩子出手。

既不是魔法師也不是冒險者的布雷希洛德藩侯，無法輕易和女兒一起外出，所以其實我有點同情他。

不過這次讓菲莉涅同行還有另一個目的，就是讓她充當布雷希洛德藩侯的代理人。

在我的仲介下，菲莉涅順利將賀禮送給瑞穗公爵，並代替布雷希洛德藩侯傳達希望未來能夠互相交好與進行交易的意思。

辦完這些事後，她便恢復孩子的樣貌，與卡特琳娜比賽誰釣到的魚比較多。

「為了清楚感受到魚上鉤時的細微變化，我在釣線周圍布下了『魔法障壁』將風排除在外。」

「唔哇，不愧是卡特琳娜大人。」

「這樣我一定會是釣到最多魚的人。」

我們明明是來釣鰕虎魚取樂，但不知為何只有卡特琳娜一個人認真到讓人不想靠近她。

只有和卡特琳娜在一起的菲莉涅，對她的魔法感到佩服。

因為是非常不起眼的魔法，所以很難用肉眼確認，但對不會用魔法的菲莉涅來說，依然非常驚人。

「搞不懂妳為什麼對勝負這麼執著。」

「威德林先生，遊戲就是要認真玩才有趣。」

卡特琳娜自豪地說出符合她風格的言論，但勝負的世界可沒這麼簡單。

其實她釣魚的技術，並沒有自己說的那麼厲害。

對大部分的魔法師來說，也都是直接用魔法抓魚比較有效率。

「呃……話雖如此，妳釣到的魚並不多呢……」

感覺她釣到的魚數量和我差不多。

這樣明顯是薇爾瑪比較會釣魚。

「……如果是比誰釣到的魚比較大，那我可是遙遙領先的第一名。」

卡特琳娜邊說邊將她釣到的最大條的鰕虎魚遞給我看。

「鮑麥斯特伯爵大人，卡特琳娜大人釣到的鰕虎魚很大喔。」

菲莉涅說的沒錯，最大的那條看起來約有二十七公分。

這種大魚可沒那麼容易釣到。

「好大！」

「比尺寸是我贏呢。」

對自己的勝利深信不疑的卡特琳娜得意地挺起胸膛，但她的天下一轉眼就結束了。

「薇爾瑪姑娘，妳釣到的那條魚還真大！」

「做成天婦羅應該很好吃。」

薇爾瑪釣到了一隻將近三十公分的怪物級鰕虎魚，吸引許多人圍觀。

卡特琳娜的天下只維持了三分鐘，短到連明智光秀看了都會臉色蒼白。

「薇爾瑪好像從懂事時起，就開始釣魚了……」

據說她小時候還不能打獵時，就是靠在河邊釣魚賺取自己的餐費。

她掛餌的速度也很快，就連隨侍在一旁的瑞穗家傭人們，都認定她的技術已經達到專家等級。

「薇爾瑪大人真厲害。」

「老夫三十年前曾釣到一條比那小一點的魚，光是這樣就讓當時的當家羨慕不已了。」

負責招待客人，或是教客人釣魚的老人們，也對薇爾瑪的釣魚技術和那條大鰕虎魚讚不絕口。

他們的興趣似乎也是釣鰕虎魚，所以是真心對釣到大鰕虎魚的薇爾瑪感到羨慕。

一群人興奮地拿出工具，開始測量那條鰕虎魚的長度。

「像那樣的尺寸，一年好像頂多只會釣到幾條。」

要是卡特琳娜因此鬧彆扭就不好了，所以我趕緊開口安慰她。

卡特琳娜和薇爾瑪的感情並不差，只是一扯到勝負，卡特琳娜就會變得盲目。

「……」

「卡特琳娜？」

「既然如此，我就要在明天早上的黃金時段，釣一條比那還要大的鰕虎魚！我已經做好要把這條河的鰕虎魚王給釣上來的覺悟了！」

「這條河有鰕虎魚王嗎？」

我完全沒聽說過這件事。

「威德林先生，每個魔物領域不是都有一個頭目嗎？我想一定有條鰕虎魚王偷偷躲在這條河裡！」

「（怎麼可能會有……）」

又不是某部釣魚漫畫……而且這只是條普通的河，並不是魔物領域。

卡特琳娜的主張，讓我整個人都愣住了。

「好暗，好冷，看來離日出還有一段時間。」

到了隔天早上的釣魚黃金時段。

因為現在是冬天，所以太陽還沒升起。

我、導師、卡特琳娜、薇爾瑪和菲莉涅五人，來到了離住宿的迎賓館有段距離的河口。

「鮑麥斯特伯爵大人，就是這個釣點。」

「這裡啊……」

我本來覺得不可能會有什麼鰕虎魚王，沒想到昨晚負責管理河川的老人，居然告訴我們這條河真的有鰕虎魚王，因此我也急忙參加這場釣鰕虎魚王的活動。

你問我原因？當然是因為這種像釣魚漫畫般的展開很有趣。

「鰕虎魚的壽命通常只有一到兩年，但據說那條鰕虎魚王已經活了幾十年或甚至幾百年。老夫的爺爺也說他曾經看過。」

這條河是瑞穗公爵家專用的釣場，而那位老人的家族，平時似乎專門負責管理這裡。

為了防範有人來這裡偷抓魚，他們每天都要來這條河巡邏，並曾經多次在河底看到一條全長約兩公尺的巨大鰕虎魚。

「兩公尺也太驚人了。」

鰕虎魚產卵後就會死亡，所以那應該是放棄產卵並持續成長的個體吧。

感覺這件事愈來愈有趣了。

「不過昨天的釣竿，應該沒辦法釣起兩公尺長的鰕虎魚吧。」

「我也這麼認為，所以早有準備。」

不愧是對釣魚毫不妥協的女人，外號「釣魚少女，薇爾瑪」。

她似乎昨天就拜託老傭人幫忙準備釣竿。

「不過為什麼薇爾瑪會做這種準備？提議釣鰕虎魚王的不是卡特琳娜嗎？」

「我以前只有用魔法抓過魚，所以就拜託了薇爾瑪小姐這位競爭對手。」

「喂……」

雖然一件事可以有很多種說法，但卡特琳娜明明只是個超級新手，居然把超級專家說成是自己的競爭對手，實在令人敬佩。

「這表示卡特琳娜姑娘打算靠新手運一決勝負吧，那麼在下應該也有機會！」

「導師，我也想釣大魚。」

導師和菲莉涅也拿起釣竿，表示要一起釣鰕虎魚。

這次艾莉絲、伊娜、露易絲、遙和艾爾都沒參加。

「如果有釣到魚，再做成早餐吧。」

艾莉絲她們似乎打算晚一點再起床準備早餐。

至於早餐的內容，則是取決於我們釣魚的成果。

「薇爾瑪大人，您的釣具看起來好大。」

「如果不做到這種程度，會無法對付鰕虎魚王。」

薇爾瑪的釣竿看起來和海釣竿一樣粗，上面裝了巨大的捲線器、透過特殊加工將六條昨天用的斑紋大蜘蛛線搓成一條的釣線、沉重的鉛錘，以及巨大的魚鉤。

這樣應該就不用擔心會被大魚給逃掉了。

「魚餌呢？」

「用這個。」

薇爾瑪拿出一個水桶，裡面裝著看起來像小蛇的大蚯蚓。

「如果不用這種大型釣餌，就吸引不到大魚。」

「幸好沒帶遙過來。」

她連普通的沙蠶都受不了，要是看到這種怪物級的蚯蚓，或許會暈過去。

然後再由艾爾照顧她……釣鰕虎魚王的浪漫活動，不需要那種現充場景。

「先用魚餌把魚鉤藏起來，再投進瞄準的位置。」

薇爾瑪將大蚯蚓掛在魚鉤上後，輕輕揮動大型釣竿，將魚鉤投進她瞄準的位置。

最後的結果似乎沒有任何偏差，她果然是個帥斃了（死語）的釣魚少女。

「先等魚餌沉進河底，再拉直釣線等魚上鉤。」

「不用晃動魚餌引誘魚吃餌嗎？」

「大蚯蚓會自己在水裡亂動，所以沒有必要。」

原來如此，畢竟是怪物等級的蚯蚓，應該會活蹦亂跳地吸引魚的注意吧。

「接下來只要喝著甜酒等魚上鉤就行了。」

「薇爾瑪大人，甜酒很好喝呢。」

「這也是冷天釣魚的樂趣。」

雖然感覺最後那個步驟並非必要，但冬天的早晨非常寒冷。

負責照顧我們的老人加熱甜酒，再分給我們。

空腹時喝又熱又甜的甜酒，實在是一大享受。

「那麼，我們也開始吧。」

我們模仿薇爾瑪的作法，將掛好魚餌的魚鉤投進河裡。

「（都沒有女孩子說『呀——蚯蚓好可怕』呢……）」

「威德林先生，你剛才有說話嗎？」

「不，什麼也沒有。」

雖然要是有女孩子這麼說，或許會讓人感到煩躁，但唯一會說這種話的女孩居然是艾爾的未婚妻這點，還是讓我有點無法接受。卡特琳娜也一臉若無其事地將大蚯蚓掛到魚鉤上。

這個世界的女性真是強悍。

「好難將魚鉤準確地投進瞄準的位置。」

我不太習慣大型釣竿，所以瞄得不是很準，但位置稍微偏一點也沒關係吧。

「最後就由在下將魚鉤投進絕妙的位置。哼！」

像這樣發下豪語後，導師將魚鉤投到了河的對岸。

他的蠻力還是一樣可怕。

不過畢竟是釣魚，所以至少得把魚鉤投進水裡吧。

「導師……」

「不曉得釣魚線有沒有斷。」

「技術比我還差……」

雖然我們忍不住以冰冷的視線看向導師，但只有一個人是例外。

「導師的力氣好大。」

「對吧？菲莉涅果然有眼光。」

只有菲莉涅不知為何兩眼閃閃發光，看起來非常開心。

導師似乎也不討厭被菲莉涅仰慕，這兩人明明沒有血緣關係，卻像親子般合拍。

「下次丟小力一點吧。」

幸好導師的魚鉤似乎沒有卡到樹枝，所以他打算直接捲線回收魚鉤。

接著導師的釣線突然被劇烈地拉扯。

「好像釣到東西了！」

「導師好厲害。」

雖然菲莉涅替率先釣到東西的導師感到開心，但情況明顯有異。

既然釣線還在地面上，應該不可能釣到魚才對。

「那明顯不是魚吧？」

「當然不是，又不是在水裡。」

「只要把線捲回來，就知道釣到什麼了！」

儘管獵物用力掙扎，但那對導師的力量來說根本不是問題。

伴隨著捲線聲，釣線不斷被回收，然後我們終於看見了獵物的身影。

「野豬？」

導師釣到的是一隻小豬。

「為什麼會是野豬？」

「這一帶的野豬很喜歡吃這種大蚯蚓。」

老傭人向我們說明為何會釣到野豬。

「這一帶不僅是大蚯蚓的棲息地，同時也是野豬的狩獵場，那些野豬經常挖掘地面尋找大蚯蚓。」

來這裡狩獵野豬的獵人也會先尋找有大蚯蚓棲息的地點，如果狩獵成果不佳，就直接挖大蚯蚓，拿去釣具店賣。

「這樣就算沒獵到野豬，也能賺點零用錢。」

「喔，原來如此。」

在我們對話的期間，導師將那隻可憐的小豬從對岸拉進河裡，然後逐漸拉向這裡。仔細一看，大魚鉤就卡在牠的嘴裡。

畢竟不是魚，所以我本來以為魚鉤會鬆脫，但看來那個魚鉤刺得比想像中還深。

導師將野豬拉到身邊後，就一拳擊斃了野豬。

可憐的野豬就這樣被人用繩子吊在附近的樹上放血。

「在下率先拔得頭籌。」

「導師好厲害。」

「那明顯不能算是釣魚的成果，而且我們原本的目標是巨大鰕虎魚吧……」

能夠在釣魚時引發釣到豬這種奇蹟的人，大概也只有導師了。

卡特琳娜和薇爾瑪看起來也有同感，但不知為何只有菲莉涅稱讚導師。

「有魚上勾了！」

重新開始釣魚後，卡特琳娜拔得了真正的頭籌。

「雖然應該不是巨大鰕虎魚……」

卡特琳娜努力回收完釣線後，我發現她釣到的是一種像鱸魚的魚……應該說不管怎麼看都是鱸魚。

「這條『白魚』還滿大的呢。」

老傭人用網子撈起約八十公分長的鱸魚。

那種魚在這個世界的正式名稱似乎不是鱸魚，而是白魚。

「因為是種不管做成生魚片、燉魚、烤魚還是炸魚都很好吃的白肉魚，所以才叫做白魚。」

「感謝你的說明。」

從老傭人那裡學到新知識後，我們繼續釣魚。

在這段期間，老人以熟練的技術將野豬解體，替卡特琳娜殺魚放血，然後取出魚的內臟和鰓。

「喔！釣到了！」

「鮑麥斯特伯爵大人，我也釣到了。」

「在下也釣到了。」

因為是早上的黃金時段，所以成果豐碩。

雖然全都是大型白魚，但連續釣到大魚意外地有趣。

而且這樣就不用擔心給艾莉絲她們的土產了。

「這條魚真大。」

薇爾瑪連續釣到超過一公尺的白魚，證明了她的本事。

這麼大的魚，反抗的力道自然也很大，但由於釣線的強度足以承受薇爾瑪的力量，因此每條魚都是被一口氣拉上岸。

「能看到各位大豐收，負責帶路的老夫也覺得很高興。」

老傭人在幫我們殺魚的同時，露出鬆了口氣的表情。

他應該有事先從瑞穗公爵那裡得知我們是重要的客人吧。

「雖然沒釣到巨大鰕虎魚，但這也是無可奈何。」

那條巨大鰕虎魚之所以一直沒被人釣到，就是因為牠的警戒心很強。

所以本來就沒那麼容易一下子就釣到。

「那條巨大鰕虎魚，只有留在這條河裡時才是魚王啊。」

最早提議要釣鰕虎魚王的卡特琳娜，在釣到大隻的白魚後，似乎也滿足了。

不曉得是因為不服輸還是頓悟了，她開始說些像是釣魚漫畫中，那些住在有魚王的釣場附近的當地居民的臺詞。

「釣到了好多魚，早餐就吃鹽烤魚吧。」

「聽起來很好吃呢，導師。」

「嗯，真令人期待。」

另外兩人也因為釣到大魚而非常滿足。

導師開始坦率地捲回釣線，準備回家。

菲莉涅也和導師一起收拾釣竿。

「那麼，差不多該結束了。」

就在薇爾瑪也開始回收釣線時，唯一還在釣魚的卡特琳娜的釣竿起了反應，但感覺不是什麼大魚。

「應該是三十公分左右的白魚吧。」

因為反抗不怎麼激烈，卡特琳娜輕鬆地捲線，將魚拉到水面附近。

「我們都稱這種尺寸的魚叫『白魚子』。」

看來這方面和鱸魚一樣，會依據成長的程度改變稱呼。

不過名稱不像鱸魚那麼多變化。

只有三十公分以下的白魚會另外被稱作白魚子。

「這種尺寸的魚，通常都要放生。」

魚的嘴巴已經超出水面，卡特琳娜輕鬆地捲線。

就在我們以為接下來只要把魚撈起來，再拆掉魚鉤放生就結束時，水裡突然出現一道巨大的影子，吞下卡特琳娜釣到的小白魚。

「鮑麥斯特伯爵大人，有一條大魚上鉤了。」

「天啊，運氣不怎麼樣的卡特琳娜居然引發了奇蹟。」

菲莉涅開心地大喊，薇爾瑪則是隨口講出了很過分的話。

大魚一瞬間就吞下了小白魚，然後直接游向水底。

幸運的是，原本勾住小白魚的魚鉤就這樣直接勾住了大魚，將卡特琳娜拉向河邊。

「威德林先生！我成功了！」

「雖然只是偶然，但真是太厲害了。」

我們目標的大魚──巨大鰕虎魚為了吃剛才的小魚而上鉤了。

看來卡特琳娜唯獨今天特別走運。

「努力把牠釣上來吧。」

「咦？你不幫我嗎？」

「咦？不自己一個人釣上來就沒意義了吧？」

為了讓卡特琳娜之後能夠炫耀，她必須獨自把魚釣上來才行。

而且卡特琳娜會用魔法，應該有能力一個人辦到。

「妳可以用『身體強化』吧。」

「我擅長風系統的魔法，所以只學過提升速度的魔法。」

「這跟系統無關吧……」

「身體強化」與系統無關，並不會因為是火就只能提升力量，或是風就只能提升速度。

只是卡特琳娜沒學會而已。

話雖如此，她通常只會待在後方施展魔法，所以不需要像導師那樣使用「身體強化」。

「威德林先生，你再不過來幫忙，我就要被拖進河裡了……」

「那條魚力氣真大。」

雖然是鰕虎魚，不過一旦超過兩公尺長，力量還是十分驚人。

卡特琳娜差點就被拉進河裡，捲線器也不斷放出釣線。

我急忙對自己施展「身體強化」，從卡特琳娜那裡接過釣竿。

「既然這條河真的有鰕虎魚王，就把牠給釣上來吧！」

不過我的釣魚技術只比外行人要好一點。

我只能用魔法增強力氣，硬轉捲線器回收釣線。

或許是魚鉤卡的位置好，最後我沒讓魚跑掉，成功將牠拉上岸。

「好大！」

別說是日本了，就算找遍全世界，應該也找不到這種超過兩公尺的鰕虎魚。

不過……

「看起來有點噁心……」

「是啊……」

難得釣到大魚，但不知為何不怎麼感動。

是因為大部分的故事都要花上好幾天才能釣到，結果我們第一天就釣到了？還是因為仔細觀察釣到的獵物後，發現牠的臉長得很可怕呢？

不對，就算是普通的刺虎魚，嘴巴裡也是長滿尖牙，看起來意外地恐怖。

所以會覺得兩公尺長的大魚可怕，也是理所當然……

「如果被咬到，應該會受傷吧。」

畢竟這條魚可是能一口吞下三十公分長的魚。

嘴裡的尖牙也很銳利，就像薇爾瑪說的那樣，被咬到或許會受重傷。

「導師，這條鰕虎魚真可愛。」

只有審美觀有點特別的菲莉涅，開心地看著被釣到河岸上的鰕虎魚。不愧是喜歡導師的人。

看來她真的在各種意義上，都喜歡詭異的東西。

「這要怎麼處理？」

「嗯？不拿來吃嗎？」

沒有人回答導師的問題。

「呃，實際釣起來後……就不太想吃了耶？」

「料理起來應該也很麻煩吧？」

雖然不是不能吃，但我不知為何沒什麼食慾。

果然問題還是出在外表上吧？

「如果裹粉拿去炸或做成天婦羅，應該會很好吃吧。」

「感覺很難熟呢。」

「「「就是這樣沒錯！」」」

我、卡特琳娜和薇爾瑪都同意老傭人的意見。

「只要切塊就行了。」

「那樣也太缺乏情趣了。」

沒錯，將鰕虎魚去頭，從背部切開並取出背骨後，做成天婦羅非常好吃。

一旦切塊，就會看不出來是用哪種魚做成的天婦羅。

雖然薇爾瑪食量很大，但她其實非常重視這種細節。

所以才能當我的妻子。

「頭和骨頭感覺很硬，不太可能直接裹粉炸來吃。」

「看來很難整條拿去炸……」

如果想把這麼大條的鰕虎魚整條拿去炸，就需要特製的鍋子，那種鍋子應該沒那麼容易取得。

即使拜託瑞穗公爵，也一定要特別訂製。

就算勉強料理成功，吃的時候也會咬到骨頭，感覺非常討厭。

「如果不介意吃白肉魚，這裡已經有很多解體好的白魚了。」

我們五人釣到了二十條以上的白魚，而且每條平均約有八十公分長。

不管是要鹽烤、燉煮還是油炸，暫時應該都不會缺食材。

所以不需要勉強將這條巨大鰕虎魚煮來吃。

「威德林先生，雖然我一開始還覺得牠長得很噁心，但看久了其實臉還滿可愛的呢。」

「這麼說來，確實是這樣呢。」

這條魚在被釣上岸後，就一直動也不動地用圓滾滾的眼睛看向這裡，那副模樣確實有點可愛。

也可能是我們慢慢被菲莉涅同化了。

「鮑麥斯特伯爵大人，這條魚應該在這條河住很多年了吧？」

「既然長到這麼大，表示應該活了很久吧。」

這裡又不是魔物領域，應該不可能一年就長到這麼大。

「牠應該守護這條河流好幾年了！」

「鮑麥斯特伯爵大人，導師，我們放牠回去吧。」

「鮑麥斯特伯爵，在下也贊成菲莉涅的意見。」

平常基本上對獵物都是殺無赦的導師，難得說要放生這條巨大鰕虎魚。

居然能讓這個破壞狂產生慈悲心，或許菲莉涅其實是個厲害的少女也不一定。

「反正已經確認牠真的存在，而且有這些白魚就夠當早餐了。」

「威德林先生，偶爾把獵物放生也沒什麼不好。」

「說得也是，那就放生吧。」

薇爾瑪和卡特琳娜也跟著表示贊同，這條巨大鰕虎魚因此幸運地保住了性命。

不曉得是不是聽得懂我們的話？

在幫巨大鰕虎魚拆除魚鉤時，牠完全沒有抵抗，乖乖地讓導師抱回河裡。

「導師，您看那個。」

「喔喔！」

像是來迎接我們放生的鰕虎魚般，河裡出現了另一條更大的巨大鰕虎魚。

「原來有兩條啊！」

「老夫已經管理這條河六十年以上了，但從來不曉得有兩條。」

負責服侍我們的老人，在發現有兩條巨大鰕虎魚後也嚇了一跳。

「威德林先生，那兩條鰕虎魚該不會是夫妻吧？」

「有可能喔。」

雖然也可能是親子，但我覺得比較大的那條鰕虎魚看起來就像是在擔心妻子。

儘管地球的鰕虎魚沒有這種習性，但我就是這麼覺得。

「鰕虎魚，你們之後也要好好相處喔。」

「請你們繼續守護這條河的未來。」

以美麗的日出為背景，菲莉涅和卡特琳娜朝游向河川中心的兩條巨大鰕虎魚喊道。

目送兩條鰕虎魚依偎般的離開後，我們的晨釣就結束了。

希望巨大鰕虎魚能一直在這條河裡活下去。

「咦？你們釣到了巨大鰕虎魚，但把牠放生了？這是真的嗎……」

回到迎賓館後，我們與艾爾分享這樁難得的美談，結果他卻一臉懷疑地如此回答。

「呃，我們真的有釣到啦！跟傳說一樣，有兩公尺以上呢！」

「嗯——」

「你覺得有哪裡奇怪嗎？」

「哎呀，我實在難以想像導師、薇爾瑪和威爾三個都在時，會做出把好不容易釣到的獵物放生這種像是教會的聖人才會做的事……」

抓到能吃的獵物後，因為覺得可憐而將其放生。

艾爾應該是認為我們不可能做出這種事吧。

「雖然我對把我和導師視為同類這點很有意見，但當時菲莉涅也在。你不覺得這樣對情操教育比較好嗎？」

「威爾應該會說『為了獲得食物，殺生是必須的』，然後毫不留情地殺生吧……」

「唔！」

艾爾說的話不是完全沒道理，讓我難以反駁。

「總之當時卡特琳娜和菲莉涅也在現場，她們也有看見那隻巨大鰕虎魚。」

「呃，因為陪你們去的老先生也這麼說，所以我並沒有懷疑你們，只是無法釋懷而已。」

「無法釋懷的人是我吧！」

這明明和某部釣魚漫畫一樣，是釣到守護河川的魚王後將其放生的感動場景，為什麼這個世界的人會無法理解呢？

我以前最喜歡看爸爸推薦給我的《天〇小釣手》了……

「不過這次的釣魚活動真令人開心呢。」

我們釣到了許多鰕虎魚和白魚，收到大量土產，還買了許多東西回去。

訂婚後第一次的小旅行，也讓菲莉涅玩得很開心，真是一趟不錯的招待旅行。

雖然布雷希洛德藩侯的心情可能很複雜，但他夫人的判斷是正確的……抱著這樣的想法，我今天也繼續用魔法在鮑麥斯特伯爵領地內進行土木工程，這時魔導行動通訊機突然響起。

「喂？」

「鮑麥斯特伯爵！你太可惡了——！」

魔導行動通訊機裡突然傳出怒吼聲。

聲音的主人是艾德格軍務卿。

「我好歹是鮑麥斯特伯爵的岳父！結果你們參加那麼快樂的招待旅行，居然都不找我！」

艾德格軍務卿生氣地質問我為何沒有邀他。

他的聲音可怕到連流氓都會發抖。

但我明明是軟弱的一般人，卻意外地不感到害怕。

看來經歷過實戰後，我的膽子也多少變大了。

「咦？你有空旅行嗎？」

「只要你約我，我就會把行程空出來吧！要不是薇爾瑪有送我土產，我可是會比現在還生氣喔！」

「呃！可是……」

我本來以為他在內亂後應該會忙著改革軍政與軍備，沒空參加這種活動，但看來是我想錯了。

「阿姆斯壯伯爵也很生氣喔！他還抱怨為什麼弟弟能大吃鰕虎魚天婦羅，自己卻只有土產！」

「呃……下次我一定會邀你們。」

「最好別讓我們等太久！」

結束與宛如暴風般的艾德格軍務卿的通話後，我稍微鬆了口氣，但接下來又換盧克納財務卿和霍恩海姆樞機主教打來找我。

「我們都認識這麼久了，這次居然沒邀我……」

「孫女婿，老夫知道您很珍惜艾莉絲，但偶爾也該孝敬一下岳祖父吧。」

和艾德格軍務卿這種會直接抱怨的武官不同，性質偏向文官的兩人措辭都比較迂迴，但內容都一樣是抱怨我沒邀他們參加招待性質的釣魚旅行。

話說為什麼老年人都這麼愛釣魚啊？

或許他們盯上的其實是旅行地的美酒與美食也不一定。

「下次一定會邀您。」

「一定喔！」

「別讓我等太久啊，孫女婿。」

就在我連續掛斷兩通電話，稍微鬆了口氣時，又收到一個來自陌生號碼的來電。

「喂？」

「是我。」

呃，光這樣講，我怎麼會知道是誰。

「呃，請問是哪位？」

「鮑麥斯特伯爵，怎麼連你都和其他貴族說一樣的話。雖然我確實常被說不像身為陛下的父親那麼顯眼，朋友也不知為何很少，但之前去帝國談和時，我也曾努力保障你的權益。所以你至少也該邀我一起去參加釣魚旅行吧……」

「是王太子殿下嗎？」

沒想到這種大人物居然會打電話給我。

儘管不能算是藉口，但我也沒想到王太子殿下會希望參加那種程度的小旅行，何況下任國王本來就不能隨便出國，因此最後同樣沒有邀他。

反正就算邀了陛下也不會答應。

絕對不是因為我完全把他給忘了。

「沒錯，不然還會是誰？」

「真是非常抱歉！」

我忍不住按照前世當上班族時的習慣低頭道歉。

用魔導行動通訊機看不到對方的樣子，所以就算低頭也沒意義，以前的習慣真是可怕。

「我下次一定會邀您。」

「真的嗎？我會滿心期待地等待。」

王太子殿下不知為何表現得有點拚命。

他並未擺出「下次記得邀我喔，雖然我很忙沒辦法去」的態度，而是真的打算和我一起出門。

像王太子殿下那樣身分高貴的人，應該是不缺這種邀約才對……

「我會等你！下次一定要邀我喔！」

「殿下，我向您保證。」

「我就是想聽這句話。」

滿意地說完後，殿下就切斷了通訊。

看來我答應下次會邀他，似乎讓他非常開心。

「明明是王族，卻總是孤身一人啊……」

這麼說來，雖然我曾經和他見過幾次面，但從來沒跟他說過話。

我不太清楚他是什麼樣的人，但知道他跟我一樣是個孤獨的人後，不知為何便覺得有點親近。

「雖然陛下可能不會允許，但下次也邀他吧……」

到時候再見機行事就行了。

重點在於曾經提出邀約這個事實，只要有詢問過，就不算失禮。

之所以會抱持這樣的想法，可能是因為我尚未擺脫前世的上班族習性。

就在我這麼想時，我發現貴族在面對王族時，其實也和上班族差不多。

第七話　隧道騷動

「真的有未發現的地下遺跡耶。」

「沒想到在鮑爾柏格近郊的地下，居然有這種遺跡。」

從招待旅行回來的幾天後，我們在厄尼斯特的帶領下探索未發現的地下遺跡。

他之前窩在位於領主館深處的房間裡時，似乎就是在調查位於鮑麥斯特伯爵領地內的地下遺跡的位置。

「雖然只是大概的位置，但你怎麼知道那些遺跡在哪裡？」

「魔國有從古代魔法文明時代流傳下來的地圖。」

「那算是軍事情報吧。民間的學者也能取得嗎？」

「那是古代魔法文明於超過一萬年前崩壞時，前往調查的祖先撿到的地圖，雖然那張地圖一直被保存到現代，但由於印刷太淡，導致有些地方看不清楚，再加上古代魔法文明崩壞的餘波也連帶破壞了許多能當成地標的自然物，就算能知道地下遺跡的大概位置，也無法再知道得更詳細。此外即使真的發現地下遺跡，也不一定能找到可以讓鮑麥斯特伯爵高興的東西。」

根據厄尼斯特的說明，古代魔法文明似乎是在一瞬間崩壞。

大概是古代魔法文明時代的人，闖出了什麼大禍吧？

「俗話說驕者必敗。聚集在一處的龐大魔力破裂，導致文明崩壞。雖說是為了技術的進步，但付出的代價還是太大了。」

因為當時琳蓋亞大陸上有許多東西都被炸飛，魔族這一萬年來才會對這裡興趣缺缺。

但之後會變怎樣就不知道了。

「所以只有建在地下的建築物沒被破壞，並在後來成了地下遺跡嗎？」

「正是如此。鮑麥斯特伯爵領地的遺跡，大多都還沒被人發現過。雖然這也是理所當然。」

聽完厄尼斯特的說明後，我們今天便出發探索位於鮑爾柏格近郊的某座地下遺跡，然後一下就找到了。

我們依靠「照明」走進地下開始尋找寶物，難得有冒險者的工作，讓伊娜和露易絲非常興奮。

她們率先走進地下遺跡……

「威爾，看來這次沒中獎。」

「是啊。『狀態保存』的魔法完全失效了，到處都是灰塵和發霉的痕跡。」

露易絲和伊娜用手帕摀住口鼻向我報告。

「威爾，這裡會不會太舊啦？」

「艾爾文，你說的沒錯。這裡是在古代魔法文明成立的幾千年前就存在的遺跡。看來在古代魔法文明時代就已經發掘過這裡了。」

厄尼斯特看著地下遺跡的地板和牆壁的石材，開始解說。

雖然這也是學者的天性，但我們沒有一個人對這些資訊有興趣。

感覺就像在學校聽無聊的課程。

「喔喔！這是在一萬七千年前滅亡的邪教，『布斯特教』的地下神殿使用的圖案！」

這裡的牆壁和地板實在太舊，所以刻在上面的圖案幾乎都快消失了，但身為專家的厄尼斯特還是能夠分辨。

不過知道這些事又能有什麼用……

「威德林先生，刻在牆壁和地板上的圖案到底有什麼好看的？」

「誰知道？」

卡特琳娜和我都不是考古學者，所以對沒有寶藏、充滿灰塵與霉味的地下遺跡毫無興趣。

「仔細一看，這和教會裡的浮雕圖案很像呢。」

「布斯特教就是因為以前輸給了正教徒派，才會被稱作邪教。兩者過去是源自相同的宗教，所以當然會有相似之處。」

「（明明是有夠無聊的話題，艾莉絲居然還願意附和，她真是個聖人。）」

艾爾說的沒錯，聽宗教的歷史一點用也沒有……

不如說讓身為神官的艾莉絲，知道自己所屬的教會是透過擊敗其他宗教才崛起，難道不會造成問題嗎？

希望霍恩海姆樞機主教不會因此生氣。

「所以這座地下遺跡很貴重嗎？」

「在魔國幾乎找不到這麼古老的遺跡。」

「不過裡面沒有寶物吧？」

「刻在這裡的牆壁、地板和天花板上的圖案，都是貴重的文化資料。」

對身為冒險者的露易絲來說，沒有寶物的地下遺跡根本毫無價值，但對身為考古學者的厄尼斯特來說，這座地下遺跡非常值得調查。

兩人的價值觀一點都合不來，不過除了厄尼斯特以外的人，都抱持著和露易絲相同的意見。

「以前這塊大陸還有魔族居住時，也有許多魔族是布斯特教的信徒，只是他們後來因為害怕遭到宗教迫害而離開了這塊大陸。然而現代的魔族，對宗教都沒什麼好感。」

或許是因為魔族過的是近代生活，所以依賴宗教的人才會變少。

地球也有很多人不信教，大概是一樣的狀況吧。

「這樣啊……魔族普遍都不信神嗎……」

魔族大多不信神。

即使是其他宗教，這對艾莉絲來說依然是個悲傷的事實。

不過其實我也幾乎沒有宗教信仰。

「也不是所有人都不信神。由於在日常生活中累積了不少壓力，因此信仰新宗教的人也變多了。」

「這樣啊。」

艾莉絲開心地說道，但感覺那也包含了可疑的新興宗教……

「威爾大人，這裡什麼都沒有呢。」

因為沒有魔物的反應，所以伊娜和薇爾瑪持續往裡面探索，她們回來後，告訴我這座地下遺跡裡面什麼都沒有。

是啊，看來這裡真的在古代魔法文明時代就已經被發掘過，裡面根本空無一物。

「既然是宗教設施，那應該會有祭壇或道具吧。」

「大概是都被搬出去了吧。」

「我想也是。」

卡特琳娜也在發現這座地下遺跡沒賺頭後，露出遺憾的表情。

「這些是貴重的文化資料！是能夠證明人類與魔族曾一起生活並信仰相同宗教的貴重證據！」

「這樣啊。那之後看你要調查多久，都隨你高興吧。」

不過僅限於我們不在的時候。因為我們一點興趣也沒有。

「威爾，先去其他地下遺跡吧。」

既然沒有寶物，那這座地下遺跡對我們來說就沒有價值。

還是趕緊去其他地下遺跡吧。

偶爾也會遇到這種事。

「厄尼斯特，去下一座遺跡了。」

「唔——這個圖案和過去發現的樣式相比……」

「喂，走了啦。」

「鮑麥斯特伯爵真是性急。」

厄尼斯特緊盯著刻在地板上的那些已經風化的圖案，但我直接把他拉走，要他帶我們去下一座地下遺跡。

「威爾，又沒中獎呢。」

「威爾大人，裡面什麼也沒有。」

「這只是普通的地下室呢。」

伊娜和薇爾瑪以缺乏幹勁的聲音對我說道。

在時間允許的情況下，我們讓厄尼斯特帶我們去各個可能有地下遺跡的地方。

雖說是地下遺跡，但其實就是古代的地下室。

雖然也有包含寶物的好籤，但絕大部分都是空無一物的壞籤。

如果連續抽到壞籤，那大家當然會變得愈來愈沒幹勁，只有獨自對貴重的文化資料感到興奮的厄尼斯特是例外。

「我真的無法理解考古學者。」

其實藏匿厄尼斯特的條件之一，就是他必須向陛下報告王國境內其他未發現遺跡的所在位置。

雖然要實際發掘過，才能知道那座地下遺跡內有沒有寶物，但這樣總比從頭尋找未發現遺跡要省事多了。

負責調查的學院大人物剛才透過魔導行動通訊機聯絡我，表示已經順利按照我提供的情報找到了未發現的地下遺跡。

『我們找到了古代魔法文明成立前的貴重地下遺跡，只要調查這裡，就能解開我們祖先的謎團……』

不管是人類或魔族的考古學者，似乎都沒什麼差別。

他們明明沒找到寶物，從魔導行動通訊機傳來的聲音還是充滿喜悅。

只是站在我們的立場，實在無法理解他們在高興什麼。

「即使種族不同，考古學的浪漫還是一樣呢。」

厄尼斯特在發現同類後，感到非常開心。

「真期待看到詳細的調查報告。看別人的報告，也是考古學者的樂趣之一。」

真搞不懂到底哪裡有趣。

「比起這個，拜託你找些比較有用的地下遺跡。」

我們是按照距離，從比較近的未發現地下遺跡開始探索，所以我不認為厄尼斯特是刻意帶我們去沒價值的地下遺跡。

好不容易找到的地下遺跡裡沒有寶物，對冒險者來說其實也算是家常便飯，我們的運氣並不算特別差，只是鮑麥斯特伯爵家畢竟是背負著風險在保護厄尼斯特。

「考慮到這點，希望你能幫忙找到有利可圖的地下遺跡。」

「還有很多地下遺跡沒探索過，所以應該只是時間的問題。」

厄尼斯特擁有的古代地圖上面畫了大量記號，當中有很多是未發現的地下遺跡。

「沒辦法直接篩選出比較可能有寶物的地下遺跡嗎？」

「雖然可以特定出場所，但還是要實際調查過，才能知道裡面埋了什麼。」

露易絲提出困難的要求，但被厄尼斯特如此反駁。

「有些地方有寶物的可能性確實比較高，但大部分都需要耗費許多時間與人力進行發掘和調查。」

可能性較高的未發現遺跡大多位於魔物領域內，其中有些甚至位於山頂或海底。

只靠我們這些人，根本就不夠。

「需要鮑麥斯特伯爵的援助呢。畢竟發掘遺跡非常花錢。」

大規模的發掘行動非常花錢，需要有人贊助才行，所以厄尼斯特才會協助紐倫貝爾格公爵。

「你明明就大方地給了紐倫貝爾格公爵許多發掘品，現在卻推託是因為威德林先生提供的援助不夠，才會找不到寶物？」

厄尼斯特明明將大量魔法道具提供給反叛者紐倫貝爾格公爵，卻只替我們找到了幾個堆滿灰塵的地下室。

卡特琳娜似乎懷疑厄尼斯特是在小看我們。

為了復興家門，她在遇到我們之前，都是一個人在當冒險者。

而身為一名女性，她應該也曾因此被人侮辱或輕視過。

所以她才會對厄尼斯特的言行感到惱火。

雖說是魔族，但如果自己和丈夫被區區一個學者小看，那可是會影響到貴族的名聲。

「夫人，妳誤會了。吾輩只是按照距離，帶各位從離鮑爾柏格比較近的未發現地下遺跡開始探索。」

即使是厄尼斯特，在看到卡特琳娜那樣的態度後，也只能認真替自己澄清。

「真的嗎？」

「紐倫貝爾格公爵的狀況，只是找到大量魔法道具和之前那個妨礙裝置的地下遺跡，碰巧就位於領主館附近的克萊伊山脈而已。在找到那座地下遺跡前，紐倫貝爾格公爵自己也已經先找到過許多沒寶物的地下遺跡。」

這麼說來，厄尼斯特似乎曾在紐倫貝爾格公爵那裡待了好幾年。

「那座克萊伊山脈看起來就像有巨大的地下遺跡，在紐倫貝爾格公爵之前，難道都沒有人嘗試發掘嗎？」

「我曾聽已故的紐倫貝爾格公爵提過，好幾代以前的紐倫貝爾格公爵家當家，似乎曾經進行過小規模的發掘。那位當家之後留下了『不能探索克萊伊山脈的地底！否則紐倫貝爾格公爵家將會滅亡！』的家訓。」

畢竟是那麼強大的兵器。過去的紐倫貝爾格公爵之所以留下那個家訓，禁止子孫發掘那裡，應該是擔心子孫取得那些兵器後會失控吧。

「那個紐倫貝爾格公爵，不可能遵守那種家訓吧。」

薇爾瑪說的沒錯，紐倫貝爾格公爵後來沒有遵守家訓，紐倫貝爾格公爵家也因此滅亡。

「自古流傳下來的戒律或家訓，大多都有確實的根據呢。」

「話雖如此，夫人，如果不挑戰那些規定，無論是人類或魔族，都無法繼續進步。」

艾莉絲對以前那位留下遺言，禁止子孫發掘大量古代兵器的紐倫貝爾格公爵給予很高的評價。

但厄尼斯特認為即使那些被發掘出來的兵器會造成許多犧牲者，只要研究那些魔法道具就能讓技術進步，就長遠的眼光來看，還是有利於發展。

關於這部分，只能說宗教家與學者的觀點本來就不同。

「雖然我很高興卡特琳娜替我擔心，但今天才第一天而已。儘管沒找到寶物，能在一天之內找到這麼多未發現的地下遺跡，也算是非常難得了。之後一定能找到不得了的東西。」

我這麼對卡特琳娜說明，勸她冷靜一點。

「唉，既然威德林先生都這麼說了……」

我這麼說還有另一個理由。

那就是厄尼斯特已經無處可去了。

以我對彼得的了解，如果厄尼斯特逃去帝國，他一定會在問出所有未發現的地下遺跡的地點後，就毫不猶豫地處死厄尼斯特。

只要宣布厄尼斯特是紐倫貝爾格公爵的共犯，再將他處死，彼得的支持率也會跟著上升。

至於王國這邊，則是已經從厄尼斯特那裡得知未發現的地下遺跡的所在位置了。

如果厄尼斯特逃跑，只要派幾名上級魔法師去殺掉他就行了。

所以厄尼斯特必須設法為鮑麥斯特伯爵家帶來利益，才有辦法活命。

像他這麼聰明的男人，不可能不明白這點，如果他逃跑，或是未能替我們帶來利益，就再也不能發掘和調查他最愛的地下遺跡了。

「話雖如此，還是會想知道哪座地下遺跡比較可能有寶物呢。」

伊娜瞪向厄尼斯特，像是在暗示他「藏你可是很花錢的」。

實際上負責撥出經費藏匿厄尼斯特的羅德里希，也說過希望我們能早點交出成果，因此厄尼斯特接受了伊娜的要求。

「夫人說的也有道理。即使是在考古業界，贊助者也是非常重要的存在。那麼，吾輩就來找一座能同時滿足吾輩的慾望與鮑麥斯特伯爵利益的地下遺跡吧。」

說完後，厄尼斯特將古代地圖攤在地上，開始尋找可能有寶物的地下遺跡。

「嗯——鮑麥斯特伯爵領地的性質和包含帝國在內的其他地區不太一樣，地下遺跡的特徵……文化樣式也明顯不同。只要參考至今發現的地下遺跡的特徵……」

厄尼斯特開始看著地圖自言自語。

「話雖如此，真的有可能這麼剛好就找到寶物嗎？」

「誰知道？」

「魔之森的寶物，也是託威爾的霉運才找到的吧。」

「伊娜，這樣講太過分了吧？」

「不論是好是壞，威爾都遇到太多事情了。」

「這我無法否認……」

「伊娜，就是因為這樣，才很有可能找到寶物吧。」

露易絲似乎以為只要發掘地下遺跡，就能找到大量金銀財寶，但其實這種狀況很少發生。

厄尼斯特又是怎麼想的呢？

「如果是這個，應該就能讓羅德里希大人高興吧。」

厄尼斯特凝視做滿記號的古代地圖一段時間後，指向某個畫著「╳」記號的場所。

「利庫大山脈的山腳？」

厄尼斯特指的地方，是利庫大山脈的山腳。原來那裡也有地下遺跡啊。

「這裡有很多金銀財寶嗎？」

「夫人，不是那種寶物。是只要執政者妥善利用，就能創造出超越金銀財寶價值的東西。那是貫穿舊卡布契拉斯山脈，集結古代魔法文明時代的土木技術之大成，才完成的大縱貫隧道。」

貫穿那座山脈的隧道嗎？

那確實超出了一般冒險者的能力範圍，但對鮑麥斯特伯爵家而言，可以說是更勝金銀財寶的寶物。

露易絲露出像是在問「隧道和寶物有什麼關係？」的表情。

「隧道？有那種東西嗎？卡布契拉斯山脈又是什麼？」

我們從來沒聽說過什麼卡布契拉斯山脈。

「卡布契拉斯山脈是古代魔法文明時代的名稱。那裡現在叫做利庫大山脈。就將那個大縱貫隧道，當成第一個發掘目標吧。」

在厄尼斯特的提議下，我們決定接下來要去發掘和調查位於利庫大山脈的縱貫隧道。

「咦？在我們領地附近有那種東西嗎？」

「好像有。」

「好像啊……」

我們立刻帶著把耳朵藏起來變裝的厄尼斯特，去發掘古代魔法文明時代挖的大縱貫隧道。地點就在保羅哥哥領地附近的利庫大山脈山腳。

我們抵達保羅哥哥的鮑麥斯特準男爵領地後，發現那裡的開發已經大有進展，人口也增加了不少。

除了保羅哥哥以外，他那些以前曾是警備隊同事的家臣們，也一起出來迎接我們。

「這裡有類似隧道的遺跡嗎？」

「很遺憾，我們領地內沒有那種東西，雖然可能是因為我們從來沒仔細調查過。」

為了保護保羅哥哥，當上鮑麥斯特準男爵家侍從長的奧特瑪先生，和擔任警護隊長兼劍術顧問的席格哈特先生也一起來了。

「話雖如此，那裡離這裡很近。如果真的有隧道能用，應該會為鮑麥斯特準男爵領地帶來飛躍性的發展。」

出身商人家的魯迪先生，似乎是管家兼財政顧問。

不過這裡畢竟是鄉下，所以他並沒有穿著像賽巴斯汀那樣的管家服。

「為什麼？」

「領主大人，雖然花的時間可能會比魔導飛行船多一點，但要是那條隧道能用，就能以更低廉的經費來運送物資和人力了。因為我們的領地就位於出入口附近……」

「所以可以經營休息或住宿設施來營利。」

因為離隧道很近，所以只要經營一些像休息站那樣的設施，或許就能賺錢。
聽完魯迪先生的提議後，保羅哥哥變得非常期待。
「雖然還不知道找不找得到，而且即使找到也不一定能用。咦？高特哈爾先生呢？」
「他正在指揮開墾作業。」
「真是意外的人選。」
根據我以前對他的印象，他應該比較擅長武藝，而且他的語氣非常冷淡，應該不適合指揮領民才對。
「別看他那個樣子，他可是我們當中最聰明的一個。」
因為是子爵家出身，所以曾經接受高等教育。
雖然他不是會豪爽地和人說話的類型，但能夠有效率地完成工作，而且領民們不知為何也都不怕他。
「他意外地擅長使喚人呢。雖然看在旁人眼裡，就只是小聲地下最低限度的命令。」
「說不定比起話很多的人，那樣反而比較容易讓人明白該做什麼？」
「或許吧。威爾，在發掘那個隧道前，先去和父親和母親見個面吧。」
「好的。」
「還有……亞美莉大嫂和小卡爾他們……」
保羅哥哥看了艾莉絲她們一眼後，像是隨口補充般說道。

因為回國後有太多事要忙，所以我還沒去見過亞美莉大嫂。

「沒問題，我在帝國買了不少土產。」

「不好意思啊，那場內亂應該為你帶來了不少麻煩吧。」

之後保羅哥哥帶我們前往已經完工的領主館。

考慮到將來的發展，當初建造時有刻意蓋得大一點。

父親和我的姪子小卡爾與奧斯卡，正在領主館前面的庭院練劍。

雖然才一年沒見，但小孩子發育得很快。

和上次見面時相比，兩個姪子都長高了不少。

「父親、小卡爾、奧斯卡。」

「威德林啊，歡迎你來。」

「威德林叔叔！請您講帝國的事情給我聽。」

「聽說您在戰爭中大為活躍，這是真的嗎？我也想聽帝國的事情。」

不管講得再怎麼好聽，對兩位姪子來說，我都是他們的殺父仇人。

即使如此，他們還是非常仰慕我，這讓我覺得鬆了口氣。

這都要感謝亞美莉大嫂。

「小卡爾，奧斯卡，之後有機會再說吧。鮑麥斯特伯爵大人有很多事要忙。」

父親體貼地幫我解圍。

他打斷兩個孩子，帶我前往客廳。

一旦發生戰爭，貴族就必須拿起劍戰鬥。

但兩人還只是個孩子。

小孩子最喜歡聽在遙遠的地方發生的戰爭故事了。

雖然在日本應該會覺得這樣不太好，但小孩子都覺得電視上的戰車和戰鬥機很帥，許多父母也會帶著孩子去參加自衛隊基地舉辦的交流活動。

只要最後打贏並且沒對自己造成損失，那就算是大人，也會有很多人喜歡戰爭的話題。

除非有親眼見過堆積如山的屍體，否則大部分的人都是如此。

「不好意思啊，小卡爾，奧斯卡。我有買帝國的土產給你們，之後再找機會聊吧。」

「「謝謝叔叔。」」

將土產交給兩人後，父親就把他們帶出房間了。

與此同時，亞美莉大嫂端著茶具走了進來。

「好久不見了，鮑麥斯特伯爵大人。」

「好久不見了，亞美莉大嫂。」

雖然裝得很客套，但我們真的很久沒見面了。

上次見面是一年前的事，不過她看起來沒什麼改變。

「艾莉絲大人，你們在帝國那邊應該過得很辛苦吧。」

亞美莉大嫂替艾莉絲倒茶時，若無其事地向她搭話。

「儘管辛苦，但與丈夫共患難也是妻子的義務。」

「與丈夫的羈絆也變得更深了。」

「確實是這樣呢。」

「無論去那裡，我都會陪在威爾大人身邊，所以沒問題。」

「拜此之賜，我們回來後也融洽地一起行動。」

艾莉絲一起頭，伊娜她們也跟著笑笑地回答亞美莉大嫂。

「真羨慕你們的感情這麼好。」

亞美莉大嫂也以相同的笑臉回答，讓我的胃開始痛了起來。

對艾莉絲她們來說，亞美莉大嫂是至今仍和我藕斷絲連的礙眼女人。

不過她們徹底將這種感情藏在心裡，大概是認為在這時候表現出來，就等於認輸了吧。

亞美莉大嫂也巧妙地敷衍過去，讓我覺得女性真的是非常強悍。

現場只有我一個人緊張得要死。

不對，並非如此。

所有的男性成員都非常緊張。

「啊，這個茶點真好吃。」

「在進行發掘作業前適度補充糖分，也很重要呢。」

知道背後內情的艾爾，為了不被牽連而專心吃著點心。
只對接下來要發掘的隧道有興趣的厄尼斯特也徹底無視我，只顧著喝瑪黛茶和配點心。
「咳！話說你今天是來工作的吧？」
父親是將我和亞美莉大嫂湊成一對的主犯，所以也覺得很尷尬吧，他看向保羅哥哥轉移話題。
「好像是要發掘以前的隧道。」
保羅哥哥向父親他們說明我們這次來這裡的主要目的。
「古代的隧道啊。雖然我對建築一竅不通，但那麼久以前的隧道還沒崩塌嗎？」
其實我也有這方面的疑問。
畢竟是約一萬年前的隧道。
「即使現在還留著，也沒有人敢用不曉得何時會崩塌的隧道吧？」
從其他人的表情來看，他們似乎也抱持著和父親相同的疑問。
「厄尼斯特，你覺得如何？」
「威德林，那位先生是誰？」
「是我在帝國認識的考古學者。之後會在鮑麥斯特伯爵領地內進行發掘作業，而他就是負責人。」
「原來如此，聽說只要找到有寶物的地下遺跡，就能賺到很多錢。」
如果領地內有那種好東西，領主當然會想進行發掘。

父親對這方面，只有這種程度的認識。

厄尼斯特的變裝也很完美，所以父親應該沒想到他會是魔族吧。

「普通的隧道絕對已經崩壞了，但接下來要找的隧道比較特別。」

厄尼斯特拿出一張像傳單的老舊紙張給我們看。

「好舊的紙。這是傳單嗎？」

「正確來說，是古代魔法文明時代的政府公報。」

超過一萬年以前的紙居然能留到現在，真是太驚人了。

原本是保存在魔國嗎？

「根據這張紙的記載，那是『貫穿卡布契拉斯山脈、讓人能夠便宜地運送大量人力與物資的大縱貫隧道』。而且那是不僅在製作魔法道具方面赫赫有名、在其他領域也頗負盛名的伊修柏克伯爵，和當時技術水平不輸古代魔法文明時代的中心國家、曾經存在於鮑麥斯特伯爵領地的秋津洲共和國，雙方一起提供人力、金錢與技術挖掘出來的隧道，所以應該不至於一萬年就崩塌。只是入口已經被掩埋，想找出來得費一番工夫罷了。」

「伊修柏克伯爵，不就是那座在我們剛當上冒險者時，害我們吃了不少苦頭的地下遺跡的主人嗎？」

「嗯。」

「是那個遊樂園的……」

「嗯……」

艾爾當然也記得。

那個地下遺跡至少從一萬年前就已經存在，但設施本身完全沒有損壞。

這是因為那裡和那座目前仍漂浮在異次元中的遊樂園一樣，都被施加了優秀的「狀態保存」魔法。

如果那座隧道也被施加了一樣的魔法，那只要在找到後移除裡面的沙子和泥土，馬上就能重新使用了。

「當然，要記得先讓提供這項情報的吾輩調查。」

「我知道啦。」

厄尼斯特連這種時候都不忘確保自己的利益，該說真不愧是……曾和紐倫貝爾格公爵聯手過的傢伙嗎？

只能說他真的很有膽識。

「因為可能要找好幾天，所以請讓我們住在這裡。」

「是沒關係啦，不過找那麼大的隧道，需要花那麼多天嗎？」

「這位大人，雖然可以透過古代魔法文明時代的地圖得知大概的位置，但畢竟已經過了一萬年。考慮到地形變動，實際位置可能會和預測的位置有段距離。」

「真是麻煩。」

從父親那裡取得暫住這裡的許可後，我們立刻出發前往現場。

「這是油門、煞車、換檔……這個手煞車是用來幹嘛的？」

因為有點距離，而且又是沒去過的地方，無法使用「瞬間移動」，所以我們決定坐之前發掘到的魔導四輪車過去。

艾爾看著說明書，試著駕駛這種不需要燃料，而是靠魔力發動的車子。

反正這個世界也沒有駕照，這裡又是無人的草原。

就算讓他在這裡練習開車也不會造成問題。

幸好艾爾運動神經很好，馬上就掌握到開車的訣竅。

我前世也有駕照，雖然已經有很長一段時間沒開車了，但稍微練習後，就找回了開車的感覺。

看來我的身體意外地還記得怎麼開車。

不過如果不再多練習一段時間，應該無法在日本的馬路上開車。

「我也想學開車。」

「按照順序練習吧。」

「古人做的東西還真是方便。」

方便歸方便，但其實車子在未經整頓的道路上，意外地難開。

不過或許是原本就預設要在顛簸的道路上行駛，從魔之森的地下發掘出來的車輛，大多都長得和吉普車或大卡車很像。

否則根本就無法長時間在路況差的道路上行駛。

「威爾，雖然方便，但感覺會暈車……」

厄尼斯特指定的地點位於利庫大山脈山腳，那裡幾乎都是沒有人煙的無人地區，所以開魔導四輪車會晃得非常厲害。

連露易絲都覺得會暈車，其他人就更不用說了。

「一萬年的時光真是漫長到讓人覺得殘酷。這裡曾經是大陸上數一數二進步的場所，現在卻成了杳無人跡的大自然。」

不會暈車的厄尼斯特，繼續一個人努力製作報告。

「厄尼斯特先生居然都不會暈車……」

暈車最嚴重的卡特琳娜，在發現厄尼斯特完全不會暈車後嚇了一跳。

「我小時候還滿容易暈車的，但現在就不會了。」

厄尼斯特很少提起自己的故鄉，但偶爾還是能從他那裡獲得關於魔國的片段情報。

看來魔導四輪車在魔國似乎非常普及。

「會暈車的人要怎麼辦？」

「吃暈車藥。需要嗎？」

「為什麼不早點拿出來……」

厄尼斯特將暈車藥發給大家後，大家總算擺脫了暈車狀態。

坐在另一輛由艾爾駕駛的魔導四輪車上的成員，後來也從厄尼斯特那裡拿到了暈車藥。
不過這暈車藥還真有效。
可見魔國的製藥技術也非常好。
「威德林先生不會暈車嗎？」
「大概是因為我在開車吧？」
我記得前世還是小孩子的時候，也曾經暈車暈得很厲害。
然而神奇的是，我在考到駕照並開始自己開車後，就不再暈車了。
「我們到目的地了。」
開了約二十分鐘的車後，我們總算抵達目的地，但在那裡只看得見傾斜的山坡。
那裡長滿了樹木，讓人難以想像底下有古代魔法文明時代的隧道。
畢竟經過了一萬年，應該已經完全被埋在山坡底下了吧。
「雖然知道大概在這個位置，但沒辦法再更精準了。」
「只能到處挖挖看了……」
光是能找出大概的位置，就已經勝過其他冒險者和考古學者了。
抱著這樣的想法，我們開始進行挖掘。
不過並不是只要一直用魔法把泥土和沙子移開就行了。
首先得用「風刃」將長在山坡上的大量樹木砍倒，收進魔法袋裡。

「應該能當成木材或柴薪吧……」

再來是慢慢削除土石並回收。

「威德林先生，不能一次削除大量土石嗎？」

「不行，這樣可能會傷到底下的隧道。」

我大學時代有個朋友專攻考古學，他曾說過使用重型設備進行發掘時，必須格外小心。

雖然麻煩，但如果一次挖掘大量土石或許會破壞到珍貴的遺跡與出土品，導致貴重資料泡湯。

而且這樣總比用木鏟子慢慢把土撥開要好。

「真單調。」

「艾爾他們的工作感覺比較有趣。」

尋找隧道時，我、卡特琳娜和厄尼斯特負責使用魔法，艾爾他們則是負責應付偶爾會跑來這裡的飛龍和翼龍。

利庫大山脈算是準魔物領域，所以那些飛龍只要發現山腳有人類出現，就會跑來獵食。

儘管和其他領域相比，這裡的魔物分布較為不均，但果然還是魔物領域。

所以除了危險的山路，以及安全但運費昂貴的魔導飛行船以外，最好還要準備其他移動方法。

「只要找出隧道，再讓鮑麥斯特伯爵家來維持，就能大賺一筆了。」

薇爾瑪說的沒錯。

人是一種如果無利可圖，就不太願意行動的生物。

「然後吾輩也將獲得認可，變得能將心力集中在發掘上。」

我們致力於發掘的理由不同，我是為了方便的隧道與隨之而來的利益，厄尼斯特則是為了獲得我的認可，好繼續進行喜歡的發掘作業。

「親愛的，剩下的土也要回收嗎？」

「羅德里希應該會找得到用途吧。」

我想起他之前曾說過想將某個地區填起來。

只要用這些泥土來填，就不會造成浪費。

如果隨便找個地方放，之後下雨或許會造成土石流。

「嗯——也不是這裡啊。」

雖然我們在太陽下山前挖了很多地方，但還是沒找到關鍵的隧道。

決定明天再繼續找後，我們利用「瞬間移動」飛回鮑麥斯特準男爵領地。

之所以不開魔導四輪車，是因為大家都不想再暈車了。

反正我已經來過這裡，這樣明天就能直接用「瞬間移動」飛回來了。

即使有方便的交通工具，還是有可能因路況不佳而留下討厭的回憶，畢竟那樣非常容易暈車。

剩下的問題，就是車子可能會被偷走。

如果直接留在現場，很可能會被人用魔法袋偷走。

「都找不到呢。」

「雖然原本就只知道大概位置，但範圍也太廣了吧……」

我們回到鮑麥斯特準男爵領地，和父親他們共進晚餐。

這裡的菜色已經改善很多，不輸其他貴族家的料理。

我繼續和父親討論今天的發掘作業。

「經過一萬年後，隧道也被埋起來了，然後上面便形成了山坡與森林。」

「如果沒埋得那麼深，應該早就被以前的人發現了吧……」

「等找到隧道並恢復使用後，這塊領地也會跟著變熱鬧吧。年輕時的我，應該完全無法想像吧。」

無法想像啊。

父親曾經努力維持狹小的鮑麥斯特騎士領地。

光是這樣就讓他竭盡了全力。

「我現在只是個讓另外以領主身分獨立的保羅扶養的退休老人，就連幫忙都有點勉強。話說克勞斯還好嗎？」

「他最近非常安分……」

我們在發生反叛後，臨時僱用了克勞斯，在我們前往帝國的期間，羅德里希不時會分派一些工作給他，而他也默默地完成了那些工作。

他在與布洛瓦藩侯家的騷動中，曾經獲得高額的賞金，所以覺得這樣就夠了吧。

「羅德里希多少還是會對他抱持一些戒心……」

對像羅德里希那樣的人來說，過去曾幹過不少壞事的克勞斯，算是必須警戒的人物。

之所以會分派一些瑣碎的工作給他，有一部分也是為了監視吧。

「應該不需要太擔心他。」

「為什麼？」

「雖然我和克勞斯不合，但最近開始變得能夠理解他了。」

父親認為克勞斯的野心已經達成了。

「包含鮑麥斯特騎士領地在內，現在我們除了開發未開發地以外，也開始與外部交流。這就是他的野心。克勞斯是個能夠冷靜思考的人，為了實現自己的野心，他甚至不惜剷除我和科特。」

「意思是他的目的已經達成了？」

「雖然他是個不擇手段的男人，但只要達成目標就會罷手。他比誰都要聰明，而且年紀也大了，所以接下來應該會安分度日吧。」

父親瞬間露出苦悶的表情。

克勞斯聰明的頭腦，也是他讓人討厭的部分吧。

明明父親失去了自己的兒子，克勞斯的孫子們卻成了新村子的代理官，生活也變好了。

或許父親非常嫉妒克勞斯的能力。

克勞斯能夠幫助自己的孫子，父親卻無法幫助自己的兒子。

「無論如何，一切都結束了。我和克勞斯都是在等死的老人。不過隧道啊。從地圖來看，那條隧道很可能是通往布雷希洛德藩侯領地，希望那能夠為這塊領地帶來繁榮。就我個人來說，這樣我的零用錢也會增加。」

像這樣邊聊天邊吃完晚餐後，我到屋子的後院乘涼。

艾爾正在外面陪小卡爾與奧斯卡練劍。

「艾爾，狀況如何？」

我問艾爾兩名姪子是否具備劍術的才能。

「他們比威爾和埃里希先生有才能喔。」

「嗯——因為比較對象太弱，根本就沒有參考價值。」

大家都知道我缺乏劍術才能。

而埃里希哥哥的劍術又比我更爛。

「繼續努力下去的話，在武藝大會應該能打到第三、四回戰吧。」

「那我就放心了。是因為繼承了比較多母親那邊的血統嗎？」

「應該不是吧。我爸爸年輕時也參加過武藝大會，但第二戰就輸了。」

亞美莉大嫂不知何時來到我旁邊。

其實我本來想跟她多聊幾句，但剛才艾莉絲她們也在，必須顧慮其他人的目光。

雖然艾爾和姪子們在我們面前練劍，但周圍沒有其他人在。

所以我們才能兩個人一起聊天。

她之前應該是在顧慮艾莉絲她們吧。

「公公只要一有空，就會陪他們練劍。」

父親也缺乏劍術才能，但還是能夠教孫子們劍術的基礎。

「我和婆婆則是負責教他們識字和計算。公公的計算能力後來也達到了實用的程度。」

雖然退休後比較有空，但父親除了協助正忙於擴張的鮑麥斯特準男爵領地外，還同時陪孫子們練習劍術和弓箭。

明明比表面上看起來還要忙，居然還自己找時間學習，大概是科特的事讓他認識到自己的不足吧。

「這樣啊。」

但我沒有把這個推論說出口。

那樣對父親太失禮了。

「不過這樣的時間也快結束了。」

「快結束了？」

「是的。小卡爾和奧斯卡之後將交給我老家照顧。」

小卡爾成年後，將會從鮑麥斯特伯爵領地分割領地給他，並授予他騎士爵位。

奧斯卡也預定將成為新建立的騎士爵家的侍從長，輔佐自己的哥哥，但在那之前，將由亞美莉大嫂的老家邁巴赫家照顧他們。

「會不會太早了？」

我覺得把未滿十歲的孩子送去給其他人照顧，似乎有點太早了。

「哎呀，威爾在更小的時候，就會一個人去未開發地探險了吧。」

「但我每天都有回家。」

「不是每天吧？」

「我偶爾確實是會在外面露宿。」

亞美莉大嫂總算換回和我獨處時的語氣。

大概是注意到艾爾他們忙著練習，沒在聽我們說話吧。

「雖然有點早，但我爸爸非常堅持。」

新的騎士領地，將繼承亞美莉大嫂的老家邁巴赫家的家名。

儘管同樣是騎士爵家，但實質上和分家差不多，而那個家同時也是鮑麥斯特伯爵家的姻親。

站在邁巴赫家的立場，這個計畫應該絕對不允許失敗吧。

「自家人可能會太寵他們……外加爸爸也有自己的打算吧……」

之後的家臣和領民，也會有超過一半是來自邁巴赫騎士領地。

那些人原本都是次男以下之類沒有繼承權的人，多虧了這個天上掉下來的機會，才獲得新的容身之處。

「真辛苦。」

雖然姪子們還小，但成為領主就是這麼一回事。

我小時候也曾對父親和科特的作法抱持疑問，但成為當事人後，就明白那也是他們拚命努力的結果。

「亞美莉大嫂會跟著一起過去嗎？」

「不，因為身為母親的我，是最有可能寵他們的人……」

「可是……」

感覺太過嚴厲也不太好。

有些貴族甚至因此變得不太正常。

我以前在王都遇過奇怪的貴族，所以很清楚這點。

「爸爸也有考慮到這點，所以允許我一個月去看他們一次，可是……」

邁巴赫騎士領地位於利庫大山脈的另一側，想一個月去一次實在太困難了。

雖然附近的鮑麥斯特騎士領地，每週都會有一班開往布雷希柏格的小型魔導飛行船，但從那裡搭馬車去邁巴赫騎士領地不僅費時，也很花錢。

即使現在經濟狀況變得比較寬裕，亞美莉大嫂還是沒辦法一年騰出將近二十萬分的交通費去看孩子。

畢竟她現在是麻煩保羅哥哥家收留她。

「雖然按照爸爸的計畫行動，讓我感到非常羞愧，但我現在也只能依靠威爾了……」

簡單來講，邁巴赫卿應該是打算把亞美莉大嫂送到我的身邊？

只要靠我的魔法接送，亞美莉大嫂就能隨時去看自己的孩子。

亞美莉大嫂的父親邁巴赫卿發現了我和亞美莉大嫂的關係，所以打算利用這點。

比起勉強她回老家尋找再婚對象，不如讓她以非正式的立場待在我身邊，還比較有利可圖。

這對貴族來說，是非常典型的想法，不過他的肩膀上也背負著邁巴赫騎士領地的家臣和領民等重擔。

即使必須利用女兒，也要為了家族和領民們行動。

「比我的父親還像貴族……」

「他最近似乎特別煩惱……」

邁巴赫騎士領地是個小領地，所以沒什麼開發空間。

由於能夠養活的人口有限，多餘的人就只能選擇離開。

「即使那些人都會充滿幹勁地說『我要到王都闖出一番事業！』，但最後一半以上的人都會失聯。就算必須淪落到貧民窟，只要還能夠生活就已經算很好了……」

或許有很多人後來都死了也不一定。

亞美莉大嫂在嫁來我們家前，也常看到自己的父親為此心煩。

「所以他才會認為這次絕對不能失敗。」

對小卡爾和奧斯卡施以進一步的教育，並儘早讓他們和家臣、名主的候補人選，以及當地的領民們接觸，這樣以後才能有效率地統治和開發新領地。

邁巴赫騎士領地預定要把多餘的領民送出去，所以開發新邁巴赫騎士領地的事業絕對不允許失敗。

順帶一提，只要我改變心意，這個計畫就會告吹，所以這更是絕對不能發生的事。

為了這個目的，邁巴赫卿能夠毫不猶豫地獻出自己的女兒。

「妳可以來我家沒關係。」

「威爾的權力比較大，所以你可以強硬地拒絕喔？」

「我也不是沒有想過這個選項……」

不過我在帝國的內亂中，已經看過太多即使被反叛軍和解放軍擺布，依然拚命想要維護自己領地的貴族。

正因為見識過那樣的場景，我實在無法輕易拒絕。

「不管哪裡都過得很辛苦呢。」

「就是這些東西，成為束縛我的枷鎖。既然都當上了領主，就讓我隨自己的心意做事吧。」

「隨自己的心意？」

「讓亞美莉大嫂待在我的身邊，對我來說也比較方便。」

「你真是個怪人呢。居然會想把我這種上了年紀的女人留在身邊……」

「有什麼關係。反正我都說好了。」

「那就遵照鮑麥斯特伯爵大人的命令。不過真的沒關係嗎？」

「哈哈哈，我可是鮑麥斯特伯爵大人喔。」

雖然我在亞美莉大嫂的面前逞強，但不到一個小時，我就在分給我們住的房間裡以完美的姿勢向艾莉絲她們下跪。

唉，反正我的力量就只有這點程度。

「事情就是這樣……」

我絕口不提很高興能把亞美莉大嫂留在身邊這些個人感情，誠懇又詳細地說明這背後包含了種種貴族的苦衷，以及一切都是為了可愛的姪子們。

艾莉絲她們靜靜地聽我說話。

她們完全沒開口，讓我覺得有點可怕。

「我沒什麼理由反對。」

「我也是。」

「我也沒有。」

「隨威爾大人高興吧。」

「是啊。我們也沒理由干涉。」

「喔喔！」

沒想到她們都乾脆地答應了，讓我忍不住發出歡呼。

「反正事到如今也沒差了。」

「是啊，而且讓她待在我們的監視範圍內，反而還比較好。」

「如果傳出『鮑麥斯特伯爵大人』半夜偷跑出去和愛人約會的傳聞，羅德里希先生他們也會很困擾。」

「警備方面也是個問題。如果威爾大人出事就不得了了。這附近都沒什麼人，所以可以輕易地讓暗殺者在這裡埋伏。」

「事情就是這樣，我們反而覺得狀況改善了。」

「真高興聽到各位這麼說……」

儘管被她們嚴厲地指責，但她們願意答應自然是再好不過。

這樣我也算是跪得有價值。

「而且亞美莉小姐的狀況，也能讓人覺得是『無可奈何』。」

「無可奈何？」

「沒錯。雖然是感情的問題，但這點非常重要。畢竟接下來大家就要同住一間房子了。」

誰都不想和討厭的人住在一起。

貴族的妻子有很多人是這種關係，那樣會讓家裡的氣氛變得非常尷尬。

艾莉絲是貨真價實的貴族千金，所以這或許是她看開的一種方式。

「而且威爾和婆婆的關係有點疏遠，感覺是亞美莉小姐填補了這個部分。」

「伊娜，這就是所謂的『年長屬性』吧。」

大家開始對我進行各式各樣的分析，不過……露易絲到底是從哪學到「年長屬性」這個詞啊。

「可是這樣泰蕾絲也算吧？」

「不算。姑且不論現在如何，在帝國時的泰蕾絲實在太糟糕了。」

「不僅非常煩人，還一直露骨地誘惑威德林先生，讓人覺得很生氣。」

薇爾瑪和卡特琳娜，對以前的泰蕾絲的評價非常差。

艾莉絲她們一定也是相同的想法。

「在帝國的時候啊，那現在呢？」

「現在比較老實。無毒。」

「這麼說來，我現在確實不像以前那麼討厭她呢。」

泰蕾絲如今在我們家附近買了棟小房子，過著寧靜的生活。

為了以防萬一，我們替她安排了警備人員，不過她基本上沒什麼訪客，只有我偶爾會帶土產去找她聊天。

「泰蕾絲小姐的立場比較特殊。亞美莉小姐的狀況，就沒有那麼複雜。」

雖然我覺得很複雜，但對艾莉絲來說，那似乎並非什麼複雜的情況。

貴族的世界果然在各方面都很麻煩。

「只要把她當成處理家務的女僕長看待就行了。很多貴族都是這樣把愛人留在身邊。」

形式上是負責統率女僕的人，但實際上是貴族的愛人，這樣的女性似乎很多。

至於要賦予那位女性的小孩，或是後來新生的孩子什麼樣的身分，就是身為當家的貴族的權限，其他人不太能夠插嘴。

「至於亞美莉小姐那邊，就交給您去說明吧，明天還要進行發掘作業，今天就早點睡吧？」

再怎麼說，今天實在不適合去那棟幽會用的小屋，因此我決定為了替明天做準備，早早就寢。

如果這時候還不要臉地跑去幽會，感覺會被艾莉絲她們臭罵一頓。

「今天也要鼓起幹勁發掘！」

隔天早上，我們用「瞬間移動」前往當地，重新開始發掘。

厄尼斯特還是一樣幹勁十足，艾爾則是像沒睡飽般揉著眼睛。

「是陪小卡爾他們練習太累了嗎？」

「不是啦。威爾，你該不會忘了我跟誰睡在同一個房間吧？」

「啊……」

因為好歹也要派個人監視，所以艾爾和厄尼斯特睡在同一個房間。

「他直到半夜都還在調查和寫東西。害我在意得睡不著……」

「艾爾文說的話還真奇怪。吾輩只是在替今天做準備，想要計算出隧道掩埋的地點。」

厄尼斯特手裡握著這一帶的地圖。

「只有踏實的分析，才能孕育出未來的大成果。」

「這麼說是沒錯啦……」

艾爾不滿地說：「但至少讓我好好睡覺啦。」

獨自顯得莫名興奮的厄尼斯特，持續用魔法挖掘他推測出來的地點。

雖然過程中偶爾會有翼龍和飛龍出現，但牠們後來全都因為伊娜投擲的長槍、薇爾瑪的狙擊，以及露易絲和艾爾的攻擊化為普通的素材。

「要是導師也在就好了。」

「還有布蘭塔克先生。」

「那兩個人現在很忙。」

兩人現在必須到各處說明和帝國內亂有關的事。

比起說明，他們的工作更像是演講。

這個世界的娛樂不像地球那麼多，所以有很多人想聽那方面的事情。

如果我不用忙著照顧自己的領地，應該也要幫忙分攤他們的工作。

尤其是布蘭塔克先生，他是受布雷希洛德藩侯之託才會到處出差。

只要將布蘭塔克先生的威名傳播出去，就沒有人敢惹僱用他的布雷希洛德藩侯了。

雖然也有人提議要封布蘭塔克先生為貴族，但後來被本人拒絕了。

「為什麼我要悲慘地承擔像伯爵大人那樣的辛勞？」

布蘭塔克先生現在已超過五十歲，即使當上貴族，他的領地也很可能無法在他死前穩定下來。

他的真心話應該是與其讓家門在孩子那代崩壞，不如一開始就不要勉強吧？

「我已經挖到膩了。」

我將風魔法弄成鑽頭的形狀，挖掘傾斜的山坡。

這原本是身為考古學者的厄尼斯特擅長的魔法，但學起來並不困難，所以我們三人持續用這個魔法進行挖掘。

姑且不論原本就不討厭這種工作的厄尼斯特，卡特琳娜似乎已經膩了。

「卡特琳娜大人，發掘本來就是由一連串不起眼的作業組成。不過正因如此，挖到東西時的感動才讓人難以忘懷。」

「即使挖到的只是普通的古代餐具或生鏽的劍也一樣嗎？」

「光是思考古人們是如何使用那些道具，就夠有趣了吧。」

「你的興趣和我實在不太合……」

我前世有個大學同學，也曾經在考到學藝員資格後，透過實習的方式參加發掘遺跡的行動。

他很喜歡那方面的事，所以做得非常開心，但我在聽他說的時候，一點都不覺得有趣。

這是個人興趣的差異，所以也無可奈何。

「那真是遺憾。喔！終於找到了！」

雖然只有一部分，但被我們挖開的地方露出了像是隧道外框、反射著光芒的人造物。

被埋了一萬年的巨大隧道終於現身了。

「不過一般應該不會想到是在山的中央吧。」

「這一萬年裡，崩塌的土石匯集成山，然後上面又長出了新的樹木。這就是大自然的力量！」

雖然這座山並不大，而且也不必做到像「愚公移山」那種程度，但如果不做好讓一座山崩塌的覺悟，應該就無法發現這個隧道，難怪以前都沒人找到。

「把入口前面的土石全部清掉吧。」

「我知道了。」

「卡特琳娜突然有幹勁了。」

「挖到東西後，果然還是會在意起裡面的狀況。」

「這麼說也有道理。」

我也跟著鼓起幹勁，然後我們三人將埋住隧道的土石與樹木全收進魔法袋裡。

「袋子裡裝了好多東西……」

因為在帝國的內亂中用了許多魔法。

我的魔力明顯增加了。

「就連魔族，都很少人擁有那麼龐大的魔力呢。」

「不過還是比不過厄尼斯特。」

「雖然吾輩並未認真修練魔法，但魔力量在魔國還是能排進前五名內。」

「真虧你有辦法出國。」

國家應該不會放過擁有如此龐大魔力的人。

「所以才必須偷渡啊。」

為了發掘遺跡，就連國家的法律都能無視。

厄尼斯特某方面來說，是個真正的學者。

「我們趕快進去吧。」

入口的土石已經全被清除。

再來就只剩下進入隧道了。

「裡面應該沒有魔物吧？」

「怎麼可能會有。」

艾爾擔心地問道，但厄尼斯特乾脆地否定。

保險起見，我們謹慎地走進隧道，但裡面太暗根本看不清楚。

我們立刻用「照明」魔法確保光源。

為了以防萬一，艾爾和薇爾瑪也點亮了備用的提燈。

「以一萬年前的隧道來說，還真是乾淨呢。」

「吾輩之前就說過這是國家主導的大型建案。各位請看這個。」

厄尼斯特摸著牆壁說道，但我對這個外觀和觸感有印象。

那面牆壁是用混凝土做的。

「是以前的灰泥嗎？」

厄尼斯特非常敏銳，如果說是混凝土，或許會被他察覺不對勁。

所以我刻意說是灰泥。

「是類似的東西。這個叫做混凝土。如果要進一步說明，這個是用來建造不希望損壞的設施的一種『特殊混凝土』。」

「既然叫特殊，表示在混凝土內摻了其他東西嗎？」

「鮑麥斯特伯爵是個優秀的學生呢。對了，聽說你成功合出了極限鋼。這個也有用到相同的原理。」

只要在一般的混凝土內摻入少量奧利哈鋼，以及包含祕銀在內的十幾種稀土金屬，就能做出即使經過一萬年也不會損壞的隧道。

「何況伊修柏克伯爵也有參與建造這座隧道，他的『超狀態保存』魔法也仍在正常運作。除此之外，建造這座隧道時應該也有用到極限鋼製的鋼筋。」

原來如此，這座隧道是用內含極限鋼鋼筋的特殊混凝土打造，所以才極度堅固。

「這樣應該馬上就能使用吧。」

「應該沒問題，不過希望可以先讓吾輩調查一個月。」

「這倒是沒什麼關係。」

就算可以立即使用，也不可能馬上就讓隧道開通。

畢竟還得和王國交涉、確保隧道內的照明、對隧道整體進行安檢、建立警備體制，以及成立負責檢查出入領地者身分的部門。

出口那端的貴族也必須做好相同的準備，所以還得考慮對方的狀況。

如果直接跟對方說「我們開了一條隧道，請自便」，可能會出現許多走私犯和偷渡客。

儘管前世這方面的官員與行政事務經常被民眾批評，但還是需要花費許多工夫與時間準備。

「只能先走一步算一步了……」

「不過這條隧道還真寬呢。」

「根據政府公告，單向應該有五車道。」

用「照明」照亮地面後，我發現上面畫了在日本也很常見的白線。

除了十個寬到能讓大卡車輕鬆通過的車道外，還另外設置了故障或事故車輛專用的避難車道。

「（好像地球的高速公路……）」

因為是「那個」伊修柏克伯爵和瑞穗人的祖先建造的隧道，所以再怎麼大手筆也不讓人意外。

「順帶一提，這裡面也有照明設備。」

天花板上等間隔地配置了魔導燈。

「內部應該藏有用來提供魔力的魔晶石。」

此外每隔一段距離，就會設置讓空氣流通的通風口。

厄尼斯特推測在某處應該藏有替這些裝置提供動力的魔晶石。

「原來如此……」

我立刻拿出魔導行動通訊機向羅德里希報告。

『鄙人立刻派警備隊過去。』

羅德里希一聽到有能用的大隧道，就開心地如此說道。

「交給你了。我們會先盡可能調查這裡。」

「要怎麼調查，用走的嗎？」

「不，魔導四輪車就是為了這種時候存在吧。」

我們分別搭乘兩輛魔導四輪車，朝隧道深處前進。

這次是行駛在平整的道路上，所以大家都沒暈車。

「真爽快——！」

負責開車的艾爾將頭伸出窗外，一個人興奮地喊道。

「操縱起來比想像中簡單呢。」

另一輛車是由露易絲代替我駕駛，她的運動神經原本就很好，所以馬上就學會如何駕駛，以穩定的速度跟在艾爾後面。

「咦？前面好像有東西？」

在隧道裡開了一段時間後，我們發現在一旁的避難車道停了十幾輛車子和卡車。

我們下車確認狀況後，發現那些車子的車門都開著，鑰匙也仍插在車上。

「厄尼斯特，這是怎麼回事？」

「嗯——」

厄尼斯特從自己的魔法袋裡拿出一疊看起來有幾百張紙的資料。

他快速地翻閱資料，在找到某個項目後開始說明。

「這是按照發生緊急災害時的避難手冊所做的安排。」

「緊急災害時的避難手冊？」

「根據避難手冊的記載，發生地震或災害時，如果用魔導四輪車避難，可能會因餘震而撞上隧道牆壁。因此要將自己的魔導四輪車停在避難車道，並將車鑰匙留在車上方便救難隊移動車輛。」

「真是奇怪的規定，萬一昂貴的魔導四輪車被偷走怎麼辦？」

在這個時代，艾爾的想法才是正常的。

除了厄尼斯特以外的所有人，也都抱持相同的意見。

「古代魔法文明時代的文明，比現在的魔國還要發達。在發生重大災害等緊急狀況時，會要求國民們做出適當的行動，而大部分的國民也都願意遵從。因為有種叫竊盜保險的制度，所以國民們不太擔心車子被偷，會乖乖遵從政府的命令。」

「保險是什麼意思？」

「就是只要每個月繳納一定金額，在發生事故時便能獲得一筆錢填補損害的制度。」

「我不太能理解呢。這樣不如直接存錢買新車不是比較好嗎?」
「因為每個月繳納的金額不高。」
「這樣應該會有人在車子變舊後,就說自己的車子被偷,然後拿補償金去買新車吧……」
「也不是沒有這種人。但只要能夠巧妙地經營這種制度,就能創造利潤。」
露易絲似乎對保險制度的原理抱持疑問。
以琳蓋亞大陸目前的狀況來看,想經營保險公司確實有點困難。
「先不管什麼保險制度,總之是因為發生了某種緊急狀況,所以駕駛們才將魔導四輪車停在避難車道,自己逃到隧道外面。而在他們離開後,隧道就因為某個原因被埋起來了?」
「那個緊急狀況,應該就是讓古代魔法文明崩壞的大爆炸吧。」
根據厄尼斯特的說明,古代魔法文明的中心國家進行的大規模魔導裝置實驗失敗後引發了一場爆炸,導致中心國家與其首都周邊都被消滅,就是這起事故與後續的混亂導致文明崩壞。
「明明發生了那樣的大爆炸,真虧這座隧道還能保存下來呢。」
「應該是因為隧道兩側的入口很早就被掩埋,再加上這座隧道原本就十分堅固,『超狀態保存』的魔法也仍在運作吧。」
這座隧道在古代魔法文明崩壞時被掩埋,之後又因為某些原因無法恢復暢通。
隨著埋住入口的土石愈來愈多,這座隧道也逐漸被人遺忘,最後就成了遺跡。
「真虧這些魔導四輪車能保存到現在呢。」

「『超狀態保存』的效果也遍及隧道內的空間，幸好入口被塞住了呢。」

如果被風吹雨打了一萬年，就算是魔導四輪車也無法平安無事吧。

不過在那之前，應該早就被盜挖者帶走了。

停在避難車道上的魔導四輪車，幾乎都還能夠正常運轉。

看來是維持在當時的狀態。

當中有看起來像新車的車子，也有感覺開了很久的老舊卡車。

「回收車輛的工作，就交給羅德里希派遣的警備隊處理，我們繼續前進吧。」

就在我們準備回到自己的魔導四輪車時，艾爾不知為何打開了其中一輛車子的車門看向車內。

「艾爾，你在看什麼？」

「威爾，古代魔法文明時代的書籍真是驚人啊！」

艾爾看的是彩色印刷的週刊寫真集。

也就是相當於日本的〇RIDAY或F〇CUS的雜誌，裡面刊載了歌手或演員在晚上和戀人幽會的報導、政治家或貴族的貪污新聞，以及固定會有的泳裝和裸體模特兒的頁面。

「真是太棒了。這不帶回去實在太可惜了。」

艾爾徹底沉浸在自己發現的雜誌內的裸體模特兒照片中。

既然被留在車裡，表示車主在避難時認為沒必要特別帶走。

那在日本也是讀完後，就會馬上被丟掉的東西。

「是廉價雜誌呢。魔國也有一樣的刊物。」

厄尼斯特從緊盯著裸體模特兒照片看的艾爾後面探出頭，看著那本雜誌說道。

「魔國也有嗎？」

「只是禁止刊載裸體照片。」

「為什麼？」

「因為女權團體會抗議，說那樣是蹂躪女性人權。」

總覺得在哪裡聽過一樣的事。

「掌權者有一半是女性，因此政治家也必須有所顧慮。此外魔國從幾十年前開始就禁止色情行業。雖然部分男性的有識之士認為這就是造成少子化的原因，但實在難以證明兩者之間的關連性，而政府一開始管制這些東西，從事地下出版或經營違法色情行業的人就會跟著出現。這些自古以來就是非常難以解決的問題。」

真的愈聽愈覺得似曾相識。

「艾爾，把那個帶回家看啦。」

「我不能帶回家，所以要在這裡看。」

能夠充當戰力的遙之所以沒參加這次的發掘行動，就是為了準備婚禮。艾爾必須擔任我的護衛，因此這部分就全權交給她處理。

「這又沒什麼大不了的，帶回家光明正大地看就行了。」

「不行！這樣我會被遙小姐罵！」

「你到底是多怕老婆啊……」

「威爾，我才沒有怕老婆！」

不過是看個色情照片就會被老婆罵，也難怪會被人這麼認為。

畢竟我……不對，我本來就不需要色情照片。

吩咐艾爾趕快回去開魔導四輪車後，我就直接離開了。

「威爾也很怕艾莉絲她們吧？」

「怎麼可能，你幹嘛突然說這個……」

身為伯爵，而且同時有五個妻子和一個愛人的我會怕老婆？

這怎麼可能。我只是真的不需要色情照片而已。

「威爾，你是說真的嗎？」

「那當然。」

「這本雜誌說這星期的內容是角色扮演特輯……雖然我不知道角色扮演是什麼意思，但感覺很有趣呢。」

「出土品的所有權，本來就該歸屬於我這個領主，艾爾，如果你之後有需要再跟我借吧。」

我稍微產生了一點興趣，所以決定保險起見先留著。

或許那具備文學方面的價值。

「了解。」

我急忙將週刊雜誌收進魔法袋，繼續朝隧道深處前進。

當然，色情書刊的事情要對艾莉絲她們保密。

「這隧道真長。」

我們依靠兩輛魔導四輪車的車燈，朝隧道深處前進。

過不久，在避難車道以外的地方也能看見棄置車輛，所以我吩咐開車的露易絲放慢速度。

我們以平均時速四十公里的速度開了半天，也就是開了約四百八十公里。

雖然這隧道確實很長，但走山路翻越利庫大山脈要花一個半月。

所以這也是理所當然。

「看到了。」

之後我們總算在隧道旁邊發現一扇上面寫著「非相關人士禁止入內」的門。

「我要打開囉。」

卡特琳娜使用了許久沒有派上用場的「開鎖」魔法將門打開後，我們在裡面發現了巨大魔晶石和幾樣周邊機器。

「看起來沒故障。只要補充魔力……」

厄尼斯特將魔力注入空的魔晶石後，魔晶石立刻恢復紅色的光輝。

等我們走出房間時，隧道內的魔導燈和空調設備已經開始重新運作了。

「原來如此，這樣隧道就變亮了。」

連開半天的車果然還是很累。

我們當天直接露宿，隔天早上再繼續開魔導四輪車前進。

目標是另一側的出口。

「開車比騎馬簡單呢。」

對之前輕易就學會使用魔槍和進行簡單維護的薇爾瑪來說，駕駛魔導四輪車並非難事。她代替艾爾駕駛，並順利發動了車子。

「嗯？熄火了嗎？」

「真奇怪……」

「先換檔，再慢慢放開離合器。」

另一方面，代替露易絲駕駛的卡特琳娜一開始就不斷熄火。

這個魔導四輪車沒有自排車。

我前世也都是開自排車，所以一開始也熄火了好幾次。

「這樣嗎？」

「沒錯。就算熄火也沒什麼關係，所以不用著急。開一段時間後，就會習慣了。」

「好的。」

儘管一開始非常困惑，但卡特琳娜也很快就能夠正常開車了。

「不過這隧道真的好長啊。」

等卡特琳娜習慣後，就換伊娜駕駛。

她的運動神經也跟露易絲一樣好，所以馬上就學會了。

「應該是通往布雷希洛德藩侯領地吧？」

「厄尼斯特參考資料畫出來的地圖是這麼記載的。」

我坐在副駕駛座，看著一張手繪地圖說道。

雖然有點偏向東部的小領主混合領域，但根據厄尼斯特的計算，出口應該位於布雷希洛德藩侯領地內某座山的山腳。如果交涉對象是布雷希洛德藩侯，那在各方面都會比較省事。

「好像到了。」

「那麼先在這裡待命吧。」

如果直接移除另一側出口的土石，或許會引發各種麻煩的問題。

因此在羅德里希派出的警備隊調查並回收完魔導車輛前，我們決定先在這裡待命。此外我、厄尼斯特和卡特琳娜還有其他工作要做。

「保險起見，必須先確認安全性。」

於是我們三人再次掉頭，朝隧道內部前進。

一路上，我們施展「探測」、「感應」和「探查」魔法，開始檢查隧道有沒有破損部分或內部裂縫。

「不愧是伊修柏克伯爵。真是完美的工程。」

厄尼斯特獨自使用類似音波探測的魔法，檢查隧道的狀態。

這似乎是風系統的魔法。他除了操縱別人精神的暗魔法以外，也擅長使用風系統的魔法。

據說那是發掘遺跡時最常用到的魔法。

「雖然吾輩也會一些土魔法和水魔法，但火魔法對吾輩來說實在沒什麼用。頂多只有露宿時能拿來生火。」

除了魔族的特性魔法暗魔法以外，他只學過在發掘遺跡時派得上用場的魔法。

某方面來說，堅持到這種地步反而讓人覺得爽快。

「主公大人！」

我們邊檢查邊回到隧道中央，然後遇見了帶著數百名警備兵的湯瑪斯和尼可拉斯。

「原來如此，這座古代遺跡真是驚人。」

湯瑪斯是警備隊長，尼可拉斯則是副隊長。

他們立刻指揮士兵，回收那些車輛。

「人手又變多了嗎？」

「是的，因為鮑麥斯特伯爵領地發展得非常快速。」

不僅持續在僱用新的家臣，還依照人格與能力替他們分派工作。

要守護的地方變多，新移民又不斷增加，所以治安也稍微惡化了，因此現在當務之急就是組織警備隊和諸侯軍。

「現在連我們也算老資格了。」

「畢竟後輩的人數遠比前輩多。」

「我們領地就連資格最老的羅德里希，都上任不到五年啊。」

湯瑪斯他們的年資，和崔斯坦他們其實沒差多少。

「話說這麼長的隧道，警備起來應該很辛苦吧。」

「出口那邊的土石還沒清掉，等那邊的工程結束後，會再依照隧道所有權的比例，分配警備與管理責任，現在先把能做的事都做一做吧。」

「喔，還要按照所有權比例分擔責任啊。不過如果對象是布雷希洛德藩侯，交涉起來也會比較輕鬆吧？」

這座隧道貫穿利庫大山脈。

關於利庫大山脈的所有者，其實早就決定好了。

從山頂到南側屬於鮑麥斯特伯爵領地，其他則是屬於布雷希洛德藩侯領地，或是小領主混合領域的某塊領地。

不過利庫大山脈的山路原本就非常險峻，再加上還有飛龍、翼龍，以及其他凶暴的野生動物棲息。

所以這裡實質上並未被任何貴族支配。

「要和布雷希洛德藩侯對分嗎？」

「我們是第一發現者，所以至少要取得從入口到動力室那段隧道。」

隧道內最重要的地方，就是放置作為魔導燈與空調設備動力來源的魔晶石的房間，那裡的所有權絕對不能被別人拿走。

「那就趕緊將這裡納入實質支配吧。」

湯瑪斯不愧是經歷過布洛瓦藩侯家紛爭的人，馬上就明白了我的意思。

我們協助警備隊回收車輛和檢查隧道，派幾名警備兵控制隧道，同時也訓練警備兵們駕駛魔導四輪車。

「希望能分派幾臺車給警備隊用。」

「之後一定會這麼做吧。」

這條隧道實在太長，如果不利用車輛移動，恐怕無法應付緊急狀況。

雖然也不是不能騎馬，但那樣太花時間了。

「終於要挖掘出口那一側了。」

湯瑪斯他們來這裡工作了三天後，判斷隧道內已經沒有任何危險。

入口和其他幾個地點都已經有警備兵駐守，他們也會定期駕駛魔導四輪車巡邏。

放置魔晶石的動力室也有人員駐守，於是我們總算要開始挖掘出口那一側的土石。

「不管再怎麼挖，都一直有土石流進來呢……」

這一萬年來，出口那一側或許也累積了大量土石並形成一座山。

我們將大量土石裝進魔法袋裡，滿了以後就連同入口的土石一起交給羅德里希。

「就用這些土石來填海吧。」

羅德里希果然也有在進行填海工程的計畫。

用「瞬間移動」飛到工程現場後，我們將從隧道出入口採到的土石倒進海裡，將樹木當成木材賣給商人。

現在到處都需要蓋房子，木材根本是供不應求，所以商人們都開心地將樹木買了下來。

「我們只能小心別被活埋，繼續挖掘下去了。」

每次一移除出口那邊的土石，馬上又會有新的土石掉進來。

就這樣重複了一段時間後，出口那邊總算透出陽光。

「是光！」

隧道開通後，所有人都被那道光感動了。

「快確保通路。」

我們繼續移除大量土石，堆積在出口那邊的土石，果然也形成了一座山。

將那些土石全部移除後，隧道總算重新開通了。

「開通了……」

「不過……」

第一個衝出隧道的露易絲，在看見眼前遼闊的光景後難掩驚訝。

因為那裡看起來是位於山區的鄉下農村，幾名農夫正悠閒地在那裡耕田。

「哎呀，還在想山坡怎麼突然不見了，原來那裡有洞窟啊。」

「得趕緊通知領主大人。」

「那些人是誰，是地底人嗎？」

那些農夫被突然開通的隧道嚇了一跳，其中一人趕緊跑去通知領主。

「咦？這裡不是布雷希洛德藩侯領地嗎？」

「主公大人，該不會是由代理官統治的地區吧？」

我和湯瑪斯他們在發現出口是鄉下時，也難掩驚訝。

雖然我隱約有股不好的預感，但這時候的我，還不曉得自己的預感將會應驗，並且被捲入貴族特有的麻煩事中。

卷末附錄　見習女僕蕾亞的奮鬥（？）日記

「多米妮克姊，大事不好了！」

「蕾亞，發生什麼事了？」

「艾爾文大人他——！」

主人曾經將艾爾文大人當成夫婿的候補人選，介紹給我認識。

因為艾爾文大人後來被捲入帝國內亂，所以我們這一年來都沒見到面，我本來以為他回國後會開始和我培養感情，並遲早會向我求婚……

「被搶先了！那個人穿著奇怪的服裝，擁有一頭漂亮的黑髮，就連胸部也很大！甚至還比多米妮克姊大！好痛！」

我的頭頂突然傳來像是被雷打到般的劇痛。

多米妮克姊久違地賞了我的腦袋一擊！

「這跟我的胸部大小無關吧！比起這個，蕾亞，妳應該是誤會了吧。」

誤會？難不成那個和艾爾文大人在一起的黑髮美女，其實是鮑麥斯特伯爵大人看上的新太太？

「不愧是主人，他還是一樣好色呢。」

「哼！」

「好痛……八歲生日時，從父母那裡收到布偶的記憶……」

多米妮克姊明明很久沒打我了，這次的間隔未免也太短了。

「妳這不是還記得嗎？遙大人是鮑麥斯特伯爵家與瑞穗公爵家交流的橋樑。她的家世與艾爾文大人相近，之後預定將成為他的正妻。蕾亞，以妳的身分，本來就頂多只能當個側室吧。」

「她是那麼了不起的人嗎？」

雖然穿著奇怪的服裝並在腰間插了把奇怪的劍，但她居然是貴族大人或陪臣的女兒。

唔唔……難得艾爾文大人從帝國回來，我本來想請他帶我去約會的……

雖然我本來就不奢求正妻的地位，但艾爾文大人難得回來一趟，還是希望他能帶我出去玩。

在訂婚之前，出去約會一下也不錯吧。

我聽說主人在和艾莉絲大人結婚前，也經常一起出去約會。

「不如說，我該不會已經被遺忘了吧？」

仔細一看，那個人的胸部果然很大……

儘管我還在發育，但以後真的有辦法贏過那個人嗎？

「多米妮克姊，果然平常還是要壓迫胸部，才能讓胸部長大嗎？」

「我怎麼知道。遙大人的服裝，似乎是叫瑞穗服。」

艾爾文大人是因為遙大人身上充滿異國情調，所以才會迷上她嗎？

他接下來一定會帶遙大人去參觀鮑爾柏格順便約會吧。

「真希望他也能帶我一起去。」

「遙大人優先吧。」

「可是艾爾文大人對鮑爾柏格又不熟。」

畢竟他已經離開了超過一年的時間。

這段期間，羅德里希大人非常努力，超級帥哥埃里希大人也幫了不少忙，讓鮑爾柏格的市區擴大了不少。

因為擴張得太快，所以家裡的傭人出去採購或辦事時，偶爾還會迷路。

話說埃里希大人也非常受家裡的女僕們歡迎呢。

我想起大家曾經爭奪服侍他的工作，並希望能有機會當上他的側室。

不過我已經有艾爾文大人了，所以沒去參加那種勝率非常低的競爭。

「艾爾文大人對擴張後的新城鎮不熟，所以還是讓我來帶路比較好。」

這樣我就有藉口叫他帶我一起去約會了。

以我來說，這真是個好點子。

「對城鎮不熟反而容易讓兩人有新發現，那也是另一種樂趣。」

「喔喔！真是成熟的意見，不愧是多米妮克姊！」

不對，現在不是佩服的時候。

這樣下去，我就無法和他們一起出門了。

其實我比較想和艾爾文大人單獨出門，但我要以帶路的名義參加，趁機彰顯我的存在。

這樣應該比較自然。

「如果男性對第一次約會的地方不熟，只會到處走來走去，可能會讓女性感到無聊。所以最好讓對鮑爾柏格的市區非常熟悉的我來帶路。」

「蕾亞，妳對鮑爾柏格的市區那麼熟嗎？」

「交給我吧。放假時當然不用說，每次多米妮克姊派我出去買東西或辦事時，我都一定會繞路去看起來很美味的點心店買東西吃，或是去新開的店看可愛的小配件，思考下次放假時要去哪裡買東西。」

這就是絕對不會浪費時間的女僕奧義。

「喔……難怪每次派妳出門辦事時，妳都這麼晚才回來……」

咦？

我剛才是不是把自己工作時都在偷懶的事情講出來了？

「其實也沒那麼熟啦……頂多只有路過時稍微瞄一下……點心也只是想確認能不能試吃，都是店裡的人太熱心推薦，我才勉為其難地買一點。真的啦。」

「妳覺得這種謊話對我有用嗎？」

「對不起！」
我的頭頂就這樣挨了今天第三記的拳頭。
嗚嗚……
頭好久沒這麼痛了。

「不過我才不會就這樣放棄！因為我擁有年輕的熱情！」
收到艾爾文大人要和遙大人出門約會的情報後，我立刻開始跟蹤他們。
雖然之後可能會被多米妮克姊責備，但到時候再說吧。
「唔哇，鮑爾柏格的市區變得好大啊。」
「艾爾先生，這座城鎮真大。」
「羅德里希先生和埃里希先生真的很努力呢。」
艾爾文大人和遙大人，佩服地看著在這一年來持續擴張的鮑爾柏格街景。
話說回來，沒想到她已經開始用暱稱稱呼艾爾文大人了……
不愧是正妻候選人。
那麼，接下來該怎麼和他們會合呢。
我試著在腦中模擬了一下。
在出門幫多米妮克姊買東西時，碰巧遇到兩人。

因為購物的事並不急，所以我主動提議帶兩人去參觀新市區。

這樣應該最自然。

「（以我來說，這真是個好主意……再來只要先繞到前面，裝成碰巧遇見他們……）」

「吶，蕾亞，妳在幹什麼？」

「嗯，其實啊……咦！」

為什麼？

我明明躲起來監視他們……不對！

我明明在探查他們的狀況！

為什麼艾爾文大人會發現我？

「哎呀……其實是多米妮克姊託我出來買東西。我一直在想買東西的事，完全沒注意到艾爾文大人。」

這當然是在說謊。

不過我明明是從很遠的地方監視……

「因為遙小姐說看到了曾在家裡見過的女孩。」

「我只是稍微瞄到，所以就告訴了艾爾先生。」

這個人到底是視力非常好，還是早就發現我在監視，才過來向我搭話呢？

雖然她以非常溫柔的笑容看著我，但其實內心正在警戒我嗎？

多米妮克姊，我贏不了這個人！

儘管我從一開始就不覺得有勝算。

「我是在領主館工作的蕾亞。」

這時候還是先正常地自我介紹，觀察一下狀況吧。

「我是艾爾先生的未婚妻，遙。」

唔！

她連舊姓都沒說，是因為馬上就要改姓阿尼姆，所以沒必要說嗎？

話說回來……她的胸部果然很大……

我……還要再過兩、三年才知道結果，但應該會贏露易絲大人！

「哎呀，我本來想帶遙小姐參觀鮑爾柏格，但我對新市區一點都不熟，這裡多了好多新店家呢。」

「是啊，雖然只過了約一年的時間，但改變了很多呢。」

這都是多虧了主人的威光，以及羅德里希大人和埃里希大人的努力。

「對了，蕾亞，妳知道哪間店有賣女孩子喜歡的甜食嗎？」

「這個嘛……我知道幾間……」

雖然艾爾文大人問我有沒有推薦的店家，但我完全無法覺得「這是個好機會」。

感覺我的行動全都被遙大人看穿了……

這時候最好的作法，應該是介紹幾間推薦的店家後，就若無其事地離開。

「我想想。最近魔之森的水果也開始大量流通，所以價格變得比以前便宜了。我特別推薦那間店。」

我指向其中一間店，在那裡的店面可以買到現榨的果汁。

因為喝起來沒什麼壓力，所以我經常在外出辦事時買來喝。

不只是我，家裡的女僕們幾乎都是那間店的常客，喝果汁比較不像吃點心那麼容易變胖。我們都還年輕，所以非常在意身材。

「喔，還有那種店啊。」

「艾爾先生，我們去看看吧。蕾亞小姐也一起來吧。」

「好的。」

雖然我自然而然地變成和他們一起行動，但用魔之森產的水果做成的果汁果然好喝。

「現榨的果汁真好喝。」

「有種奢侈的感覺呢。」

幸好遙大人和艾爾文大人也非常滿意。

「妳還有其他推薦的店家或觀光景點嗎？」

「有喔。」

「蕾亞，幫我們帶路吧，今天由我來請客。」

「拜託妳了，蕾亞小姐。」

實際交談過後，我發現遙大人是位個性溫和，連對我這種女僕都很溫柔的漂亮大姊姊。她行事非常低調，又很尊重艾爾文大人，給人一種能幹妻子的印象。

還有雖然比不上艾莉絲大人，但她的胸部非常大。

「新市區也有教會嗎？」

「是新教徒派的教會。因為也有很多新教徒派的人搬來這裡，所以才緊急蓋了一棟。」

「這樣沒關係嗎？」

「教派們彼此之間的對應，似乎都非常成熟。」

新市區除了有間小而精美的新教徒派教會以外，還有一座相當大的「威德林．馮．班諾．鮑麥斯特伯爵紀念公園」。

以主人擊退龍的樣子做成的銅像，也成了著名的景點。

「雖然做得很像……」

「但主公大人可能會不太喜歡。」

「是這樣嗎？」

我覺得打倒兩頭龍是很偉大的成就，主人應該可以光明正大地感到自豪……

而且很少有貴族能夠替領民蓋一座公園。

所以在這裡替他建一座銅像也很正常。

「威爾很討厭這種事呢。」

「不過之後應該會安排視察吧？」

「羅德里希先生一定會把這裡排進行程。到時候本人看了，應該會啞口無言吧。」

主人是個非常謙遜的人。

雖然好色的印象比較強烈。

「這座公園附近有間受女性歡迎、專門賣小東西的店。那裡有賣價格實惠的香水和肥皂。尤其是帶有魔之森產的水果香氣的肥皂特別暢銷。」

「我有點想看呢。蕾亞小姐，可以請妳幫忙帶路嗎？」

「交給我吧。」

雖然我一開始還抱持著戒心，但遙大人似乎是個非常溫柔的人。

這樣我就能放心地成為艾爾文大人的側室了。

最後那天他們不僅帶我去高級餐廳享用晚餐，在剛才說的那間店買了肥皂和髮飾送我，還讓我帶著在新市區非常有名的點心店的蛋糕回去。

我就這樣帶著愉快的心情回到宅第。

「多米妮克姊，妳看。我帶艾爾文大人和遙大人去參觀新市區後，收到了這麼多禮物。」

我一回到宅第，就開心地向多米妮克姊報告今天發生的事。

「幸好艾爾文大人還是很關心我，遙大人也是溫柔的人。啊，多米妮克姊，妳要吃蛋糕嗎？」

「喔……那真是太好了。」

「是啊。」

「話說我叫妳出去買的東西，應該不用三十分鐘就能買到吧，現在都已經晚上了。而且妳今天明明就沒有放假。關於這件事，妳有什麼話要說嗎？」

糟了！

本來只是想去打探一下兩人的狀況，結果玩得太開心，拖到晚上才回來。

多米妮克姊看起來很生氣。

「啊哈哈……因為他們對新市區不熟，所以我才幫忙帶路，結果不小心拖太晚了。哎呀，這真是出乎意料。」

這下不妙！

必須設法蒙混過去才行！

「那麼在新市區的高級餐廳『佛爾斯特』多點一份甜點，也是帶路的一部分嗎？」

我的行動全都曝光了！

這都要怪那裡的甜點太好吃了！

「蕾亞，希望妳可以提出合理的說明。」

嗚嗚，怎麼辦。

快來人把我從多米妮克姊的逼問中拯救出來啊！

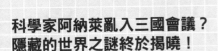

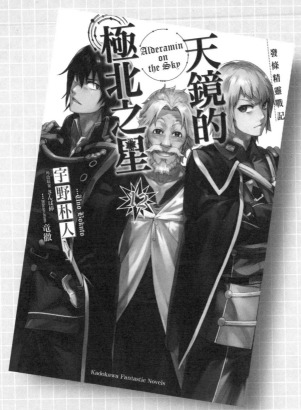

Kadokawa Light Novels

賢者大叔的異世界生活日記 1 待續

Kadokawa Fantastic Novels

作者：寿 安清　插畫：ジョンディー

四十歲大叔帶著遊戲能力轉生異世界！
當美少女的家庭教師！靠原創魔法所向披靡！

40歲無業大叔大迫聰到異世界吃香喝辣！原本沉迷遊戲的他，卻因登入中發生的事故意外暴斃，回過神來便身處於沒見過的異世界大深綠地帶。據女神所言，他似乎繼承了遊戲能力，變成各項能力參數爆表的大賢者！但周圍卻有一堆危險魔物……

NT$240/HK$75

台灣角川

Kadokawa Light Novels

新說 狼與辛香料

狼與羊皮紙 1~2 待續

Kadokawa Fantastic Novels

作者：支倉凍砂　插畫：文倉 十

從《狼與辛香料》到《狼與羊皮紙》
橫跨兩個世代的冒險故事熱鬧展開！

多年前，曾與賢狼赫蘿及旅行商人羅倫斯在旅途中同行的流浪少年寇爾，如今已長成堂堂青年，與他們的獨生女繆里情同兄妹。調皮的繆里一聽說寇爾要遠遊，竟然就偷偷躲進他的行李蹺家了！兩人將展開一場「狼」與「羊皮紙」的改變世界之旅！

各 **NT$230~240/HK$70~75**

台灣角川

國家圖書館出版品預行編目(CIP)資料

八男?別鬧了! / Y.A作 ; 李文軒譯. -- 初版. -- 臺
北市 : 臺灣角川, 2018.03-
冊 ; 公分
譯自 : 八男って、それはないでしょう!
ISBN 978-957-564-082-8(第10冊 : 平裝). --
ISBN 978-957-564-298-3(第11冊 : 平裝)

861.57 107000212

Kadokawa
Fantastic
Novels

八男？別鬧了！ 11

(原著名：八男って、それはないでしょう！11)

2018年7月5日　初版第1刷發行

作　者：Y・A
插　畫：藤ちょこ
譯　者：李文軒

發行人：岩崎剛人
總經理：楊淑媄
資深總監：許嘉鴻
總編輯：蔡佩芬
編　輯：黎夢萍
美術設計：黃永漢
印　務：李明修（主任）、黎宇凡、潘尚琪

發行所：台灣角川股份有限公司
地　址：105台北市光復北路11巷44號5樓
電　話：（02）2747-2433
傳　真：（02）2747-2558
網　址：http://www.kadokawa.com.tw
劃撥帳戶：台灣角川股份有限公司
劃撥帳號：19487412
法律顧問：寰瀛法律事務所
製　版：巨茂科技印刷有限公司
ISBN：978-957-564-298-3
香港代理：香港角川有限公司
地　址：香港新界葵涌興芳路223號
新都會廣場第2座17樓 1701-02A室
電　話：（852）3653-2888

HACHINANTTE, SORE WA NAIDESHOU! Vol.11
©Y.A 2017
First published in Japan in 2017 by KADOKAWA CORPORATION, Tokyo.
Complex Chinese translation rights arranged with KADOKAWA CORPORATION, Tokyo.